香港書情

小思

牛津大學出版社隸屬牛津大學，以環球出版為志業，
弘揚大學卓於研究、博於學術、篤於教育的優良傳統
Oxford 為牛津大學出版社於英國及特定國家的注冊商標

牛津大學出版社（中國）有限公司出版
香港九龍灣宏遠街 1 號一號九龍 39 樓

ISBN: 978-988-2459-62-5

10 9 8 7 6 5 4 3 2

Published & Printed in Hong Kong

書　名　　香港書情*
作　者　　小思
版　次　　2025 年第一版

*本書原名《夜讀閃念》，重新編訂、增錄後易名為《香港書情》。

目錄

香港書緣

書店甜夢

心靈歸路

香港書緣

獲寶

沒有忘記梁伯生前的話：垃圾堆都要掏一下，否則走寶。

每天回家，路經一個垃圾站，下午總堆滿附近人家扔出來的東西——不能稱為廢物，很好的家具、電器、木板、整箱瓷磚……也常見人在揀選，用車運走。

那天黃昏，快下雨了，我正趕路回家。幾個大紙盒亂扔在行人路上，垃圾站已經放滿爛木櫃，紙盒只好放在行人路上，這是常見情況。紙盒？對紙盒我特別「敏感」，因為可以裝書。我順手打開其中一盒——

嘩，不是做夢吧？我常常幻想：有一天，在垃圾堆中，發現名人書信、照片、絕版書刊，大概我真的相信「收買佬發達」的故事。

嘩！都是書！果然都是書。第一本映入眼的竟然是：我十多年努力尋找，卻有錢也買不到的：一九四〇年四月初版，當年流行小說，望雲寫的《黑俠》上下冊，再翻一翻，竟是薩空了寫的《香港淪陷日記》一九四六年香港初版本。我的心跳得不正常，雙手發抖，不敢再翻下去。望望四周沒人，立刻趕去打個電話回家，叫阿慧拿大膠袋和手推車來幫忙。

千萬不要下雨，千萬不要識貨的人經過，下邊幾盒裏會是甚麼東西？我望着幾個紙盒的心情，現在想起來也好笑，相信跟發現寶藏的人差不多。

幾分鐘的時間真難過。幸而幾分鐘阿慧就來了。幫忙打開一個又一個紙盒，嘩——好髒，看來好幾十年沒人打開過——寶藏的意義就在此。嘩！嘩！我顧不得髒不髒，飛快把盒中的中文書、又不會爛得不成形的，都放在手推車上。

滿滿一車書，用力推回家去，進了門，天就下起大雨來了。

一九九六年六月二十五日

書緣

這是屬於一家人的讀書歷史！

整一天，我為本屬於這家人的書，一本一本地清潔抹淨。撫摸着一些我極熟悉的書，撫摸着一些我完全陌生的書。我幾乎讀出了這家人的歷史面貌，這是一種奇異的經歷和感受。

這家人，遠在中日抗戰期間，就到了香港來，行囊裏還帶着二三十年代上海的流行小說。都是上海出版的當年流行小說——一些我聽過名字的鴛鴦蝴蝶派小說，一些我從不知道的流行小說，何以說流行？因為已經印了許多版。家中也不全是看流行小說的，許多名著中譯本，也有非名著的中譯本，看來這家人很現代，沒有看甚麼古書。

五十年代初期，這家人的孩子開始進入小學，很典型的香港小學，五十年代中葉到六十年代，孩子升中學了，很用功，多讀了些中文課外書，大概為應付中學會考，買了友聯活頁文選來參考，那個時候，友聯活頁文選是中學生要讀的熱門參考書。成年人仍舊保持閱讀閒書的習慣，金庸的《書劍恩仇錄》、《碧血劍》、《神鵰俠侶》，全是一兩回就出版的薄裝本。還念念不忘舊時上海風光，讀了胡憨珠、蕭雲厂、還珠樓主作品的《小說月報》，香港版的鴛鴦蝴蝶派。孩子小的看《兒童樂園》、各種港版童話，大一點的看《中國學生周報叢書》……兩三代人就這樣在香港生活過來。

從內地到香港，這些書看完就藏在紙盒裏，好像沉睡了幾十年。到如今，主人把它們扔到垃圾站去，給一個無關的人不經意打開了，打開了一段塵緣，它們重見天日，毫不遺漏地重述過去的幾十年歷史。

主人大概又在做一次大遷移，幾十年的書，就不帶走了。是書有話要説，我是給它們選定的聽者。

悠悠。幾十年歷史過去，這家人姓麥。

一九九六年六月二十六日

如夢令

窗外日頭毒花花。老爺風扇嘎嘎嘎很規律地搖響，我坐在低小板凳上，想睡覺。

童年的夏季，感覺就是這樣。

「父母愛我，教我做個好孩子。我愛父母，聽父母的話。」常識科小學一年級的課文，我背誦熟了。按照母親吩咐，接着下來的「工作」，就得畫圖畫，打開圖畫冊，選了一幅海邊椰樹小木屋來臨摹，椰樹很容易畫，其實我從沒看過真的椰樹，鉛筆畫，最後幾筆陰影加好，黑白圖畫就完成了，我的童年沒有彩色。等到擁有七色蠟筆時，已經是小學三年級的事了。

我用乾淨毛巾，細心一本一本地把《國語》、《社會課本》、《常識課本》……由小學抹到中學；中華書局的《中華本國地理》、正中書局的《歷史》、中華書局的《中國文選》、亞光輿地學社的《袖珍中國分省詳圖》……由課本抹到課外書：外國兒童故事、亞洲出版社的《秋瑾》……

夢中光景，一個下午，重回小學中學唸書日子。撫摸着極之熟悉的書本，恍如隔世。這些肯定是我很用心讀過的書，卻又肯定不是我的書。那個孩子姓麥，她有點頑皮，或許不是頑皮，是為了做功課，常把書中一些圖畫剪下來，弄得課本肢離。我不會這樣做，母親不許我這樣做。新書買回來，第一件要做的事是齊齊整整寫上自己的名字，第二件事是用玻璃紙把書包好。不准塗花、不准摺角，一年讀完的書，還是乾淨齊整。從小學一年級開始，母親就這樣管教。

我的書呢？甚麼時候也像麥姓孩子的書扔掉了？落在誰的手中。甚麼時候扔了？母親規定不准扔書，每年夏季就把一年讀過的書包紮好，連作文簿也不能扔——我現在還保留着小學一年級到中三年級的作文薄。書呢？

我迷迷糊糊讀着姓麥孩子的書，似夢非夢，有點摹擬真實。

一九九六年七月一日

重讀薩空了《香港淪陷日記》

趁着第二次世界大戰結束七十周年紀念，香港淪陷的歷史記憶，突然一次翻騰起來，出版界乘時機把新的舊的有關紀錄，一一展現。

三年零八個月的陷敵日子，香港市民如何度過？社會面貌如何？斷斷續續一直有人零碎寫下，進入上世紀九十年代，學術界開始有系統的作了口述歷史蒐集，多年來更見掌握不同國家立場的文獻資料、歷史檔案、報刊等等，出現對香港淪陷的全方位研究與論述的著作，「突破個人的回憶或口述資料的局限」（引自鄺智文〈前人研究回顧與引用史料〉，見《重光之路——日據香港與太平洋戰爭》），這讓一直忽視自身歷史的香港地，得現身世重構面貌。讓讀者從中自尋出反省與檢視來路艱難的教訓，是閱讀的好時機。

今年，三聯書店（香港）有限公司重印了薩空了的《香港淪陷日記》及關禮雄的《日佔時期的香港》，對於我來說，有特別的紀念意義。七十年代末，「香港研究」還未開風氣，很難找到香港淪陷的紀錄資料，關禮雄先生在校外課程開了「日佔時期的香港」課，讓修讀的我有了較全面的認知，內容就是一九九三年出版，今年重印還加了增訂的《日佔時期的香港》。在香港大學馮平山圖書館，我同時讀到一九四六年出版的兩本書：唐海《香港淪陷記》（一九四六年一月上海再版），薩空了《香港淪陷日記》（一九四六年四月香港初版），這兩書記載的幾乎是相同時空的香港情況，不過前書作者以普通市民身份角度及處境敘述十八天攻防戰的經過。而薩空了卻以一特殊身份——知情者及活動者，遊走港九兩岸，從事留港文化人聯絡工作，故在他筆下，人人有姓名，有工作職位，一本書簡直是中國文化人在香港淪陷前後的活動連載，儘管只記短短四十九天的事，卻幫忙我解決了許多研究時遇到的小棘手問題。

我初讀《香港淪陷日記》的時候，並不知道薩空了是誰，我對當年在香港活動的中國文化人，單憑報上見到名字就抄在卡片上，沒任何延伸資料可查證，那種懵懂矇矓狀態，幾近無知。由於同時正在看一九三八年四月創刊的《立報》，才知道他擔任總編輯和總經理，編副刊「小茶館」，用「了了」作筆名，天天寫小文章。印象最深是他在〈建立新文化中心〉一文中，他希望「逃難來香港的人帶給香港的」，不「只是揮金如土一類的豪舉」，而是「和本地的同胞，大家用不着再記憶着那地域給我們劃出來的種種區別，而應為中國的將來想，在這裏共同努力樹立起來的新文化中心」。不久，他離港去了新疆，一九四一年九月再回香港，辦了中國民主政團同盟機關報《光明報》，並任總經理。

跟着就是日記中所記歷時四十九天的事了。這書從一九四一年十二月八日淪陷前夕，警報笛聲響起的緊張氣氛開始敘述，直到一九四二年一月二十五日他逃出香港為止。

初讀此書，只見他輕易用「偷渡」方式在港九兩岸走來走去。烽煙四起，他可以由上環走到跑馬地、從西營盤行去中環香港大酒店去見許多報界、文化人，甚至與英國情報部負責人聯絡。又促成英國高官擺佈的梁漱溟與華人代表羅旭龢見面談戰況……。淪陷期間，日軍滿街之際，他還是通街跑，很容易找到錢去解決用錢可以解決的困難。好像極易找到給梁漱溟及自己棲身之所，又可請「爛仔」做些犯日軍禁的事。一切太神奇，與其說是紀實日記，不如說極之複雜的間諜故事。不過，當中他又如實記下動亂期間的庶民生活狀況，天天不同的物價。這些描述紀錄十分難得，因為就算當年報上所刊，也只是經過日治政府檢批才面世的「公價」，跟民間小攤自動根據民生實際需要而調價大不同，這紀錄的真實我不懷疑，因為二十年代，在上海，他已經是個名記者，物價最能反映社會生活與時艱，記者取材最敏感。

另外，對懵懂如我的「研究者」，最珍貴也最重要的是，他在書中每初次提及人名，一定先說那人服務機構及身份職位，如此就給我極可靠的認知指引，對初入行研究香港文學的人如我，真屬迷津得渡。

說迷津得渡，也不夠準確，往後幾十年來，追讀許多別人研究、不同當事人回憶錄、名人傳記、似是而非的文字檔案等等，發現歷史的津實不易渡，稍有一得，必須經過許多蘆葦隱蔽，漩渦處處。幾十年後再讀此書，恍然大悟，原來香港，是許多文化人的政治活動舞台。

薩空了是甚麼身份？據「中國領導幹部資料庫」說他是「著名新聞工作者、文學家、社會活動家」。三十年代末，他的身份是中國人民救國會的成員。一九四一年秋他再到香港，是遵周恩來之命，由廖承志及鄒韜奮安排他留港為梁漱溟創辦《光明報》（見薩空了〈回憶難忘的一九四一年、悼念羊棗同志〉），也極快成為「香港青年記者學會」的常務理事（見《華商報》一九四一年十一月四日，頁四）。他能如此靈活行事，只因他「不是共產黨」。這個身份給後來的研究者強調了，他的活動也證明果真如此。

《香港淪陷日記》既是記者親歷所記，一般讀者當成追尋淪陷初期的香港社會狀況，也能「觀察」到某些角落片段，當中自然有如〈再版前言〉中所說：「必然會有歷史的局限性」。研究者如有需要，最好把一九四六年舊版跟今版比較一下。普通讀者，可以當成香港故事看，淪陷時期庶民生活仍很吸引。記得許鞍華的《黃金時代》放映後，有青年觀眾又好奇又懷疑地問我：「香港打仗當兒，駱賓基還可以隨街行、買糖吃？」也有人看了以淪陷時期為背景寫的小說，發現竟有主角到咖啡館坐的情節，就問我：「烽火連天，有咖啡館嗎？」讀讀這日記，你會相信那都是真的。

至於想理解一下香港這個政治活動舞台，四十九天中有些甚麼文化人在做些甚麼事？讀讀這日記，你會覺得刺激、有趣。重讀時，我才發現自己當年沒記住一九四一年十二月二十六日，即香港淪陷第二天，梁漱溟先生在看錢穆先生的《國史大綱》，今回像個新發現。

愛好現代文學的人，讀着讀着，會在跑馬地街頭遇上名記者金仲華、在灣仔英京酒家門前碰到漫畫家丁聰、在香港大酒店門口看見端木蕻良，在皇后大道西巧遇作家徐遲……。他們都在香港露了面。

這樣讀，這是本「有趣」的書。

二〇一五年十月二十日

藏書心思

我不是藏書家，我只為用書才購書，讀後儲存備用罷了。

正因要「用」，幾十年來，購書就朝着主題目標下手。我開中國現代散文課，有關這方面的書，作品、理論都盡量蒐集。我研究香港文學、文化，與此相關的資料，也盡力蒐羅。

學生看見那麼多書，總會好奇問：吓？那麼多書，你全都看過嗎？我往往叫他們隨便取出一本書，我都能說出該書重點，以證我沒躲懶。細心的學生也可以看到書中我寫的紫色筆跡，有些寫上參看某一頁，可聯繫某些線索。後來，我怕畫花書頁，又怕影響他人閱讀情緒，改用日本的付箋紙條（Post-it），把要點改寫在上面，可惜進入館藏後，這些紙條都不見了。

還有，有些書表面似乎與研究項目無關，也在收藏之列。他們很懷疑，我買來有甚麼用。例如：《方方研究》、《南方局黨史資料》、《報學雜著》等等，看不出與香港文學有何關係。他們就是不知道，三四十年代直接影響及管理香港左翼文化政策的是「南方局」，方方是四十年代中葉中共中央香港分局的書記，和潘漢年同樣重要，港英政府曾搜查他的住宅，他們的舉動與香港文壇息息相關。成舍我在《報學雜著》中，講述了他抗戰期間，如何把《立報》遷港，還提及他的辦報立場。這種材料串連起來，呈現微妙脈絡，巧妙建構活動舞台佈景。專業藏書，主次材料，唾手可得。主題藏品，不宜拆散。

退休後，「不務正業」，我絕對從興趣出發。如今再看我的書架，建築、日本文化、書籍幀裝設計、舊書版本書影、名家手跡、舊日教科書等項雜亂紛陳，不認識我的人，看不出我的心思，只覺此人得一雜字。

二〇〇八年七月二十七日

我進讀書會

近來斷斷續續讀到與我差不多年代的人，寫出中學時代的回憶，發現五十年代中，所謂「左派政治滲透」真夠厲害，怪不得當年學校不讓我們成立文社、辦壁報。

一九五五年我升學金文泰中學，官立學校，身家清白，應無任何政治立場。誰料故事並不簡單，相信我遭遇的，不是個別事件。

記得初中一年級上學期考試完畢，派了成績表不久，小息在操場上散步，高年級的學姊迎上來聊天，說知道我成績好，問我想不想多讀課外書——那時代中學沒設圖書館，愛看書又沒錢的學生，只靠到書局打書釘，受盡書店老闆白眼。忽遇學姊一問，自然爽快說想。

從此，我進了學姊學兄眾多的讀書會。每星期六下午，我要到學姊跑馬地的家，事前她送給我一本書，要讀完才在讀書會討論。第一本讀的是蘇聯作家尼古拉．奥斯特洛夫斯基所著《鋼鐵是怎樣煉成的》。小學讀的是《家》、《春》、《秋》，從不接觸大時代大革命故事，保爾．柯察金這個騎兵勇士、共青團員，受盡艱辛磨練而成的英雄，在閱讀經驗中，從沒印象。與情人冬妮亞的一段戀情，多麼迷人，可是讀到第九章，保爾竟因自己「應先屬黨」，要和她分手，這情節真叫我嚇一大跳，又由於保爾受了傷也不呻吟，他說讀《牛虻》就知道原因，於是我們第二本書就讀《牛虻》。

一年來，我在讀書會讀了七八本大書，跟隨學姊學兄進入書中「境界」，學懂黨國重於個人，不畏犧牲以赴國難等等。

再過一年，讀書會消失於無形中，據說主持的學姊學兄給開除出校，還被遞解出境了。

很好奇，這讀書會有沒有記入政府檔案中？

二〇一一年二月二十七日

讀雜書

中學時期，除了中文老師介紹可讀書外，認識在新亞任教的莫可非老師也要我讀許多書。其中馮友蘭的《新理學》、《新世訓》、《新事論》，讀得我莫名其妙。莫老師後來知道這強我所難，就要我讀筆記隨筆之類雜書。一下子就中對我的興趣了。

所謂隨筆或筆記，是指當時文人對所見所聞或野史、罕見文物作了日記、札記紀錄的文體。內容拉雜成一條條資料，文筆好的可當成小品欣賞，就是不太好，也提供了正史不暇旁及的東西，有趣的能增廣見識，具史料文獻價值。舉例說一下。讓我知道清代禁戲的是由趙慎畛《榆巢雜識》筆記中有〈禁演聖賢〉條來：「優人演劇，多褻瀆聖賢，康熙初禁不得裝孔子及諸賢。至雍正五年，並禁演關帝。從宣化總兵李如柏請也。」〈時辰表〉條提及時鐘：「時辰表，來自西洋，每日上弦一次，晝夜周行，隨大小針所指，以定時刻分數，寒暑無異。」我還以為在清代才見西洋鐘，後來在京都大學人文科學研究所讀明人筆記，方知明代已有西洋以時鐘作貢品，天子以為奇珍，在朝上公開給大臣開眼界，臣子寫下所見，卻還不知有何作用。還有唐朝筆記記下何謂點心等等物名源起。

這些雜書，讀了得個知字，不成學問，可是對我後來教中學中文、歷史，卻極有幫助，因為正史四平八穩，硬材料很乾，講授時略加插些軟知識，會增加學生興趣。

也許就從中學開始這樣讀書，雜書已成為我讀正書外的「零食」，有時零食比正餐更吸引。

二〇一四年四月十二日

書林擷葉

好幾個晚上，撥開許多事不做，靜靜躲起來，專心看素葉。春林裏，葉子帶了晨露，含孕着溫煦晶亮的陽光。人說一花一世界，花太豔太玲瓏；該說一葉世界，葉子的脈像網，充滿生命感，卻不耀目。

書林裏，擷葉，揭頁，我看了四個世界。

一

西西《我城》。這是阿果的世界還是麥快樂的世界？是西西的「我城」還是你和我的「我城」？

這是片奇怪的葉子，看着看着，得細心找葉脈的紋路。最先可能會想到：十七扇門？漂亮糖？跟着，把看到的六幅相片，橫起來直起來聯想一下，當然也會想專心做門、盡責看門的阿北。然後向後看，就該想到那塊草地。末了，我們就聽到電話筒那邊的聲音，必須好好消化這些聲音。——這是片新奇的葉子。

二

鍾玲玲《我的燦爛》。這是片沾了露水的嫩葉，風一吹，有點不由自主，柔柔搖曳，無聲淌下淚，分明哭了，但又沒有哭，好不叫人心疼。

她說：「那一種明淨，算是今生我們曾經有過了。」真的，從「趕緊的做一件很正經的事」，卻給捉到囚籠裏去的時代，一直到「我的兒子怎樣怎樣」的日子，那……都是一片明淨。儘管她自己寫道：「以前是水，現在是石頭。」但看罷這葉，就該明白，以前是水，現在是水，只為那明淨仍在。

三

何福仁《龍的訪問》。忽然想起，世上該有屬於那株六丈高的樹的葉子，憑着本幹的沉厚，葉便有護陰的柔和。我很古老，堅持詩該溫柔敦厚，這裏就有。

四

淮遠《鸚鵡鞦韆》。他說自己愛植一種羽狀葉的黃槐，但這卻整整是一撮生在仙人掌上的針狀葉。本來，它為了適應生存才變成這個模樣，但也會無意刺得人生痛。

一九七五年五月十二日

溫厚之言

細讀高雄先生《給女兒的信》，感到頁頁都是長者的溫厚。

高先生（我不習慣稱他三蘇先生）以怪論著稱，許多人都認為他的文風諷刺尖刻，但我總覺得這樣說不夠全面，因為在嬉笑怒罵的文字背後，往往有股仁者之風；就是針對不正不當的人和事，運筆如刀的時候，也正表現了他宅心仁厚。看怪論，可能不易觸及或忽略了這種內涵，但看《給女兒的信》，就可以感受高先生那如春風的溫厚。

以長輩身份向年輕人說人生道理，最不討好，也最容易流於板起面孔說教，甚至表露了成年人對後輩的「專橫」。

高先生那四十一封信，說的都是人生、處世的大道理，但卻沒有「權威說教」的毛病，我想，最重要的是高先生寫這些文字，目的不在「教人」，而是以開明的態度、親切的口吻，真摯的感情，來說自己的人生觀。

開明的人既有自己的主見，但又不排斥別人合理的見解，必要把事情看得通透；可是，洞察世事的人，卻很容易對人失去信心。

既開明，又不失信心，這種態度就一定源於溫厚。

高先生在每一封信裏，都充份表現他對世事的洞察，而用情理恰當的態度分析。

對於紛繁世態，他仍堅定地說：「我說過，對別人有信心，就是對自己有信心；人是靠信心支持的，自己失去了信心，人生就很悲哀了。」（《信心篇》）這種信心才經得起考驗。面對許多青少年問題，看得太多「代溝」的悲劇，就感到社會實在需要更多開明而溫厚的長者。可惜，這是個盛行霸氣的時代。

正因此，《給女兒的信》，就更深深感動了我。

一九八二年一月十九日

生命的奮進

一

真想知道我們一代是幸運還是不幸！看完《生命的奮進》，這個問題結在心頭，好久也解不了。

《生命的奮進》，是梁漱溟、牟宗三、唐君毅、徐復觀四位先生青少年奮進思索的記錄。他們經歷了中華民族近世最艱苦的日子，也是最大變動的階段：辛亥革命、五四運動、北伐、抗日、國共內戰……跟當年許多青年知識分子一般，都在驚濤駭浪中——各種文化政治思潮衝擊，國家、民族求存關頭、努力尋求一條該走的大道。流離遷徙、戰火漫天、物質條件缺乏，一切困厄割不斷他們與國家文化的血脈，磨不掉他們慷慨奮發的心志，終於他們成就了大學問。

當然，還有無數與他們同時代的青年人，在不同的專業上顯出光榮；也有不少在求進過程中犧牲了，成就了大生命。一切行為，都在極艱辛的環境中展開和收效。回首看看那些經歷，好像國家一直沒有好好照顧他們，甚至該説一直在折騰他們，可是，他們從沒有為自己要求過些甚麼。生於憂患，是最嚴厲的磨煉，能成就大事業大生命，就是磨煉的結果。他們拿這些結果回報國家文化，真正做到「不問國家為我們做了甚麼，只問我們為國家做了甚麼」，這是何等光輝的生命！

我們這一代，特別在香港成長的一代，儘管說生活在人家的管治下，社會制度不好，教育制度不完善，經濟也不盡如人意，但畢竟二三十年來，算是無災無難；偶有小風浪，比起上一代經歷的，實在不算甚麼一回事。我們生於安樂，不必奮進，也活得下去。再不是就在些小節上，找些折磨自己的機會，徒然自苦。

搖搖曳曳、迷糊纏繞完了小生命，我們幸運還是不幸？

二

年輕的時候，常常埋怨自己為甚麼不生於轟烈的抗日時代，敵我分明，執戈保衛國土，殺的是敵人，不是自己人；就是流血斷頭，總歸有個名堂，了結得十分痛快。但畢竟那個時代早已過去，身處的是敵我難分，複雜錯綜的社會，像在繭裏休眠最穩當，不必思索，沒有理想，人也生了鏽，生命如溫吞水，日子一天一天過。偶然尋思反省，也只有慨嘆苦悶失落的結論。多讀一點書，多接觸一些長者，加上走上工作崗位，自生活體驗裏，得到稍見明朗的路向，但依舊感到自己是那麼無能為力。

躲在「安樂窩」裏久了，人變得怠慢軟弱，也漸漸安於這種境況，有時甚至慶幸自己能這樣活着。長久的不思索不反省，沒有奮進的要求。人就喪失應付變動的能力，更休說甚麼完成大事業大生命了。這一切只因我們生活得太安樂，這真不知道是幸還是不幸。

細細尋索前輩艱難足跡，看看他們的生命如何奮進，發現他們都有些共同特點：在一個變動劇烈的時代，緊緊掌握自學的機會，不計較個人的寒苦生活，以情理交融的人生態度，超出自我投入人類的整體中，於是「在其生命存在時，時時處處積極表現一種犧牲生命的精神」。他們失敗彷徨的時候，仍能認真思索，發現問題，徹底更新。

他們有可倚靠的朋友，吸納中西文化優良成份，整理出一條努力奮進的路向。

變動來臨了，我們這一代面對破繭的時候，也許難免慌張震悚，但願前輩奮進的足跡，領導我們向前邁進。

不必再問幸與不幸，盡有生之年，擔負我們該擔負的，作生命的奮進！

一九八四年十月六及七日

《雨線下的溫情》序

香港每年舉辦不少徵文比賽，每年有不少的得獎參賽者，但得獎以後，多少作者會繼續創作下去？卻成了令人關心的問題，我常常問：那些寫作能力不弱，只要多加磨煉就會成家的青年作者，得獎以後，躲到哪裏去了？這種「流失」，實在可惜，也使徵文比賽失去重要意義。

近幾年來，出版事業是罕見的蓬勃，出版商多願意出版本地作者的作品，報紙副刊也樂意讓年青作者有許多試筆機會，說起來，愛好寫作的青年人，實在不愁沒有發表作品的園地——只要他們堅持寫下去。

潘金英、潘明珠就是堅持寫下去的青年作者。

這樣說吧！《突破》徵文比賽得獎，該是她們寫作的一個起點。她們也許比別人幸運些，因為遇上了一位熱心細意的栽培者——蘇恩佩女士，但無可否認，她們本身的堅持也十分重要。短短幾年間，出過幾本書，是辛勤的結果，現在又出版姊妹二人的第二本散文合集了，書名《雨線下的溫情》。我細細看過這書的內容，彷彿看到了兩個香港青年人的內心世界，也分享了她們的一些生活體驗。

全書比較完整地呈現一個成長中青年人面貌的，是「竹思手記」。它記錄了竹思從中學到當實習教師的一段歷程，這正是面向成長的重要關頭，竹思如實地把個中的疑惑、苦悶、憂慮、快樂、憧憬，一一寫下來了。也許，那是為定期專欄而寫的，所以文筆細致，寫來很着意，個性也很顯露。相比之下，「海外瑣記」就顯得有點雜有點粗。我說的「雜」和「粗」，並不含貶意，而正想就此說明生活環境與人物個性對作品的影響。從前，潘明珠也寫得很細緻，跟她姐姐竹思沒有多大分別，但一旦跑到香港以外——日本去生活，新鮮、陌生的刺激，叫她興奮，不由得不急急地把所見所聞寫下來，加上用通訊形式，自然也不必在文筆技巧方面過於講究。不過，我認為，再過一些日子，她對所見所聞，多加思維及批判，而不限於對人與事表象的敘述，那時候，「粗」和「雜」就會成為一種有力的風格了。本書的下篇「生活雜記」，是姊妹二人作品合編，也正好反映了姊妹二人的生活路向的逐漸分途。竹思成長後，該是走上一條安定而單純的道路，而妹妹明珠，心和眼都投向外邊複雜而多樣化的世界，她要把跳躍的生活和關心的事物，都收入文章裏，於是她的文字多了一層社會性。個人的、社會的，合起來，就充份表現了部份香港青年人的面貌，那麼符合現代散文的特質。

看畢全書，我不禁想着，金英、明珠已攜手踏上文藝創作的道路，看來今後，她們還有漫長的路要走，也許，還有許多苦功要下，她們的堅持是難得的，但仍必須靠讀者的鼓勵和支持。現在，她們交出了作品，我們當讀者的，給予適當的鼓勵和批評，正是時候。

我希望，金英、明珠的努力，獲得應得的評價，更希望她們在文學創作路上，永不言休！

一九八五年六月十六日

說情——陳之藩《一星如月》讀後

「羅素上千頁的數學原理的成百定理不是由二十世紀六十年代的電腦五分鐘就解決了嗎？可是羅素的散文，還是清澈如水，在人類迷惑的叢林的一角，閃着一片幽光。」

對文學有信心的人，應該感謝陳之藩先生這段話。對文學沒有信心的人，應該由這段話得到啟發。

不愛文學的人，看了這段話，也該從頭想想，是不是可以在心裏給文學留一席位。

面對許多沉醉科學的人，有時我禁不住難過，因為他們不知道是有意還是無意，很強調自己的理性，誇耀自己所學的實用，每每把感性的表現，例如文學，視為無用。我難過不是因他們視文學為無用，而是因為他們竟然忽略了人之所以珍貴的特點：有情也有理。只有情理交融，才能閃着一片幽光，才會使人類在迷惑中，有清澈澄明的遠視。

通過傳記，我們看到許多成功的科學家情深的一面，也讀到他們在學術論文以外的文學作品，就該明白，他們絕不是科學怪人。他們的人生，是豐富的，因為他們並沒有把自己摒於情之外。

現代，科學膨脹得厲害，我們也感謝科學帶來的一切益處，但科學並不等於一切。真正的科學家必能理解這點，可惜，世上太多人不是真正的科學家，他們一知半解地把理和情強行割裂，標榜自己對科學的熱愛，蔑視世上一切與科學無關的東西。這種態度，對誰都沒有好處。

我説這些話，可能有人會認為是學文科的偏見，但，假如，一個世界著名的電工學者，也強調「情」的重要性，那該足夠有説服力了罷？幸而，我們有這樣的一個人——陳之藩先生。

「人的內心生活如此重要，科學卻插不進手來。人的生活明明是時時刻刻在價值的取捨上要作種種的決定，科技對這種決定卻偏偏幫不上忙。」

「有計算機可把莎士比亞的句法排列與比較，但計算機寫不出哈姆雷特來；用計算機可以把凡高的筆法解析，但計算機卻畫不出《星夜》；用計算機可以摹倣貝多芬，但卻創作不出《田園》來。」

還是忍不住手，抄了兩段陳之藩先生的文字。每當看到小學生也懂得運用計算機（香港人叫電腦），我就很羨慕——他們可以彈指之間，把很難處理、很複雜的資料，分門別類，隨心所欲顯示出來。但一旦想到他們這一代將會跟這些精密機械打交道，甚至成為不可離棄的對象時，我不禁細細思索，他們的內心世界會是怎樣的？他們如何學習處理自己的感情？他們怎樣對突變——未及輸入的資料，產生及時而合情合理的應變能力？他們對沒有數據、不可作實驗的東西——形而上的，怎懂得衡量判斷？這些都是科技不會也不能負的責任，科學發達到今天的地步，似乎應該有智者在這些缺口下些功夫，否則一個比甚麼核爆還要危險的人類崩離局面必然出現。

有時，會遇上有些人，理直氣壯地問：「文學，藝術有甚麼用？」我就會無言，絕不是因為理屈，而是對這類人，心裏只有一塊大石頭——實利，已了無空間可以容下令人性變得優美雍容的東西的人，不是三言兩語可以把石頭鑿開。沒有莎士比亞的戲劇、梵高的畫、貝多芬的音樂，他們還會活下去，但可憐的是：終其一生，他不知道自己欠缺了許多，果真如此，人類就會走上乾枯的絕路了。

一九八五年八月二十五日

公道話

終於，大陸有人肯為香港——在文人筆下的香港，說句公道話了。

看到太多挖香港陰暗面的文字，我已經說過不少不滿的話，但有時候，也不禁暗自檢討，這是不是大香港主義作祟？看見人家說自己的不是，就老大不歡喜。早就明白，作家們把香港陰暗面寫出來，也有他們的立場——或者苦衷，而香港跟其他大城市一樣，的確難免有醜惡的東西。只是再深切想想，它細小、它長久在別人的統治下，它長久得不到母親的照顧，但它依然不斷成長，而且包容了幾百萬人，那裏面必然有一些特殊優點。幾百萬人如何在裏面活着，一定不是單靠用罪惡、黃色、炒股票地產、跑馬、跳舞這些概念來說明、就解釋得了一切的。可是偏偏就有人這樣做，目的是甚麼？想來實在令人心痛。

三十八期的《隨筆》，刊出了陳紹偉的一篇文章，叫做〈香港，我面對您思忖〉，讓我終於聽到另一種聲音。他指出大陸作家筆下的香港，「是一幅殘缺不全的畫面，是一幅不盡精確的畫面。」為甚麼會這樣呢？他為我們找出答案來了……「從未到過香港的作者，居然寫洋洋萬言的香港題材作品，怎不漏洞百出？到香港旅遊幾天，缺乏深入的調查分析，難免以偏代全。更重要的是，作者對香港的看法觀念依舊。戴着墨鏡看大千世界，勢必變色、走樣。」最後作者提出一個很切實的問題：「到了一九九七年以後，我們又該如何寫香港呢？能把中國版圖的一部份，全染上一層黑色嗎？」

美。也寫出它真、善、美的一面，還生活的本來面目吧。」為中國、為香港，這是應該的。

我不要求凡寫香港的人都一律是「歌德」派，但正如作者說：「香港同樣存在真、善、

一九八五年九月十一日

〈許地山在香港的活動紀程〉後記

「我想做人若不能還債，就得避債，決不能教債主把他揪住，使他受苦。若論還債，依我底力量、才能，是不濟事底。我得出去找幾個幫忙底人，如果不能找着，再想法子。現在我去了……」

一九二二年，三十歲的許地山寫下這篇題為〈債〉的散文，就「出發」去了！他到過美國、英國、印度，從學海裏盡力尋索，盼望找出一條「還債」之道。在尋索路向期間，早已沉潛入骨的中國傳統悲天憫人精神，混和着佛教、基督教、道教的宗教情操，驅使正義熱情的許地山，走上「我們儘管划罷」[1]的實踐道路，我十分同意說「『天行健，君子自強不息』這一簡單樸素的信條貫穿許地山的一生，是他性格的核心部份」。[2]

回到中國後，他在門牆高大的學院裏——燕京大學、北京大學、清華大學、中山大學，從事宗教哲學、文學創作，以為可以體現不息的力行方法。一九三五年，他挈婦將雛，來到孤懸海外的英國殖民小島——香港。在這裏，文化是一種怪異的混合體，既有學究式的中國經學，也有保守的英國紳士氣息，可是兩者都與平民百姓毫不相干，且看許地山如何參

1　落華生（許地山）：〈海〉，《空山靈雨》三版，上海：商務印書館出版，一九二七年，頁32–33。

2　陳平原：〈論蘇曼珠、許地山小說的宗教色彩〉，《中國現代文學研究叢刊》第三期，一九八四年，頁1–26。

與、融入、改革，這是一條不好走，又必須走的道路。一九三七年，面對抗日烽火在不遠處的祖國大地上燃燒，他已明白，為中國，必須努力「做」！做甚麼？做一切為中國人好的事，盡自己能力能做的事。他一腳踏在高大門牆的學院，一腳踩入平凡瑣碎的世間，不理會政治的歧見，不計較階級的高低，為宣傳抗日、為改革文化、為推展文學、為社會公益、為溝通中西文藝、為創作……他日以繼夜，耗盡自己的精力！

對於許地山一生評價，我並不想用一般研究者的說法，例如甚麼人道主義，甚麼性格矛盾，甚麼愛國主義思想，甚至說：「在黨和政府採取了團結教育改造的方針，在黨的領導下，他主持了香港文協。」[3]深受中西文化撞擊的許地山，跟許多「五四」以來的中國知識分子一樣，心裏總擺脫不了一種莫名悲緒，毫無辦法解開與中國政治氣候的纏結，對於母國，自有刻骨的戀慕與惱恨，有時積極、有時消沉，往往構成濃厚近乎宗教性的「獻身」意向，和愛恨交纏反復不定的情意。如果說這類知識分子永遠是政治家眼中可愛又可恨的人物，那只不過更清楚地說明這類知識分子所具有的對政治近乎幼稚膚淺的理解而又熱誠愛國的特質。正因如此，在國家危急存亡的關頭，他們總會毫不顧忌地顯露那種「獻身」精神。在香港時期的

3 薛綏之：〈論許地山〉，《徐州師院學報》第三期，一九七八年。載於《許地山選集》，福建：海峽文藝出版社，一九八五年，頁756–766。

許地山，正是這種精神的完全呈現，他在此時此地，要盡力「還債」。有人說：「就算許地山是有所為的『無為』，也有很明顯的消極作用，特別是要在階級鬥爭激化的歷史時期。」完成了〈許地山在香港的活動紀程〉，我只想說，許地山不是個轟轟烈烈的鬥爭英雄，卻是個踏踏實實不欠債的人！

一九八七年二月二十八日

編按：〈許地山在香港的活動紀程〉現收錄於《香港文縱——內地作家南來及其文化活動》（新版），香港：牛津大學出版社，二〇二五年。

許地山手稿展

許地山最後的歲月在香港大學，留下不少寶貴的讀書及手稿，隱藏不露。我盼望了多少年，終於得見部份，應感謝香港大學檔案中心及中文學院的有心人整理安排，舉辦了「許地山教授手稿珍藏特展」。

圖書館大堂一角，玻璃櫃中盡是一位「書蟲」讀書痕跡。我曾見過由澳洲大學圖書館帶回來，夾在許氏舊書中的札記影印本，今回卻真跡入目。深色墨水與發黃紙張，經過年代結緣，蘊藉着一種若即若離，又癡纏難捨的色澤，只有在舊紙本中才能顯現。隔着冰冷玻璃，仍能感受那種人書情切。

手稿多為馬鑑教授家人捐出的。有〈原始的道德〉、〈文明底將來〉、〈讀易雜說之一〉及譯文種種。還有英文打字本的學術論文。其中我最感興趣的是他學習古物的筆記本，細意繪圖示意。單張枱頭日曆紙撕下來，就隨手作臨時記錄，寫下書籍頁碼和總共頁數，彷佛見到當日他據案書寫情狀。

最可貴，且給我最大驚喜的是他寫的劇作本《西施》手稿，雖然欠了第一幕，在攤開展出的第二幕第一頁，發現了許地山竟用廣東話寫劇本。他在香港時間不長，卻在語體文外，可以把廣東話寫得如此好。舉例在吳宮門外，侍衛甲乙對話，甲說吳王為迎西施建姑蘇台是發癲。乙說：「佢唔係發癲，不過家陣發咗情嗜。」甲說：「我睇發情同發癲一樣。」這劇本專為港大學生會演出寫的，不知道全劇情節如何。忽發奇想，今天港大同學何不試再演一回？讓許作重生。

（展期至五月十一日）

二〇一三年四月二十七日

另一枝筆寫許地山

有幾個人寫過許地山，學者忠於考證事實，未免硬筆寫來，會欠些私密人性。親人執筆，又嫌重情欠理，可能還會美化了。讀人物傳記，矛盾也在此，最難處理分寸。

最近讀許燕吉《我是落花生的女兒》，厚厚四百四十八頁書，提及父親許地山只有三十來頁，且只限於八歲女兒的記憶，老實說，作研究起不了作用，但箇中情節，倒可當成另一枝筆寫許地山。

我們早知許家在羅便臣道，但三十年代中葉那兒風景如何，家裏布置怎樣，孩子記憶不差，給詳細描繪了。原來許地山到香港第二年就買了小汽車代步，先買奧斯汀7，過兩年換大一點奧斯汀8，許太太是司機，（三十年代香港有多少女性會駕車？）送許先生上下班、開會、遊山玩水。我知道許地山研究道教，人倒是虔誠基督徒，星期天到堅道合一堂守禮拜、教主日學，卻不知道他在聖誕節聯歡會表演「小腳女人打高爾夫球」、會吹笙、唱閩南戲。還與台灣同鄉柯政和合作作曲填詞，由百代公司出唱片，其中給學生孩子唱的，例如《紀律》。另外書中還列出家中常客的名字：梁漱溟、徐悲鴻、楊剛、馬鑑、蔡愛禮醫生（我童年生病要看的西醫）、黃慶雲（我童年看《新兒童》的雲姐姐）而常去探望的有：陳寅恪、弗朗士（張愛玲提過的港大教授），許地山每年在家中辦遊樂會招待港大學生或帶學生出遊。

以上種種，都不屬學術研究範疇，可讀起來，許地山的個性就更多層次了。

（許燕吉於二〇一四年一月十三日，即生日那天逝世。）

二〇一四年三月二日

從那年說起……

這裏，兩篇侶倫先生的作品，從沒收入過集子裏。

一九二九年，那是一個遙遠的年代，魯迅雖然早在兩年前到過香港來，可是，香港的新文藝生命，還在朦朦朧朧中，魯迅的聲音，其實沒有吵醒多少人。太史們依舊講他們的經史，報紙副刊多是塘西風月、奇俠掌故，就有一群人——小小的一群年輕人，嘗試寫出屬於這個城市的新文學，侶倫就是其中一個。〈爐邊〉，內容有點像發生在上海亭子間的窮作家故事，侶倫先生說：「哦！那個時候，我真的滿肚子委屈，有感而發，太不成熟了。」今天看來，也許我們是苛求些，但一九二九年，香港新文學，有過些甚麼呢？〈爐邊〉，是一行淡淡的、幾乎給歲月淹沒了的先行者足跡。不穩的步履，正好顯示路途果然不好走。

侶倫先生詩作極少，一九三六年的〈訊病〉是他慣寫的愛情小說的變奏，沒有太多感傷，卻泛着天真的深情。

作家多悔其少作，為怕破滅已臻成熟的形象，我曾深思該不該重刊這兩篇作品，刊出了後果會怎樣。後來，聽到侶倫先生一個親近的友人說，最近一年，侶倫先生已準備整理舊作出版，大概也想做一點總結回顧。那我才放了心。

六十年，悠長悠長，壞的作品，好的作品，已經寫出來，總該有人讀過，總該有人評論，總該有人記起。優劣，就讓識者來評好了。

人憔悴。

香港文壇，暮春三月，雜花生樹，研究者也蹄塵滾滾，追逐不休，我卻隱隱見到：斯

寂寞，侶倫先生大概也不計較身後名。香港文學，該從那年說起？

一九八八年四月十日

走私的故事

香港大學歷史系講師冼玉儀女士在「香港盤旋」研討會中的發言，提及中港邊界走私問題時說：「從香港地區將不同物品走私入大陸，百多年來都經常發生，甚至在某些年代，走私可以說是香港經濟活動相當重要的一環。」冼女士演講中沒有舉出具體的事例，也沒說明「某些年代」指哪些日子，我想年輕人，或對香港過去經歷不熟悉的香港人不大相信。剛巧手邊有點資料，不妨抄下來讓大家看看，至於「歷史是不是重演」，那就由讀者自己思索了。

距離今天最近的走私年代，是一九四六年至一九四九年間，據當時執政的國民政府新聞局發佈的數字，經緝私沒收的中國大陸與香港地區間走私物品，一九四六年一年內總值一百一十三億，相信未緝獲的貨物價值會比此數多數十倍。一九四七年八月十八日《星島日報》的《社論》有一段這樣的話：

「海陸空的走私，三路並進，浩浩蕩蕩，私貨不絕於途，而海關緝私的效果，幾等於零。……走私者背景均有特殊勢力的憑藉，有武力為後盾，海關緝私人員竟不敢過問。上次某輪緝獲之私貨，當場被武裝人員公然搶走，即其一例。」

由這片段，我們不難發現最近報上也有如此「面善」文字。只要打開一九四七年報紙，邊界走私問題，就不斷呈現眼前。而經雙方政府討論多時，「嚴重關切」下，雙方代表終於「充份表示善意及互相合作精神」，共謀解決辦法，成立了緝私協定。至於那個「技術上仍有若干困難」的協定，能不能切實執行，就不必細問，因為報上走私消息仍不絕如縷，還是「熱鬧」得很。

翻看舊資料，許多標題竟和今天報上所見如此相似，就不禁想：中學不設香港歷史課程，真是可惜。

說起二十世紀四十年代末期內地與香港走私問題，不由不想起一本被譽為「打破了五四傳統形式的限制而力求向民族形式與大眾化的方向發展」的小說：《蝦球傳》。這本小說是華南地區少數能進入中國現代文學史的作品之一。作者黃谷柳二十世紀四十年代末期在香港，就地取材，寫成了三部曲，其中大部份情節就跟邊界走私有關。

主角蝦球自小在香港長大，流浪在紅磡船塢、灣仔海濱、春園街、避風塘一帶。十五六歲失學失業的孩子，碰上了與官、商紳勾結的走私大阿哥「鱷魚頭」，就成了他的手下，小說結果當然是主角幾經生活曲折，「終於找到了革命隊伍，參加了共產黨領導的游擊隊，從為個人求生走上為人民求解放的光明大道。」我無意在這裏敘述故事大綱，但也得交代一下，才轉入我感興趣的走私故事！——《蝦球傳——第二部：白雲珠海》。

小說裏詳細描述了走私的水路沿線地理情況，甚麼青洲、交椅洲、汲水門、大磨刀、小磨刀……走私船都一一走過。土匪、軍隊、緝私隊、黑社會大哥、大老闆……通通交結成一個大網絡，又互相利用，真是十分複雜——當然還沒有「香港警察因緝私隊臥底，在公海

(?·)「被捉去」的情節那麼離奇了。

這小說由於寫出了當時社會最注視的問題，在《華商報》上連載，已引起討論。印成單行本，在短短幾個月內，竟三版發行，成為暢銷書。至於寫作技巧好不好，那又是另一個話題了。

二十世紀八十年代、九十年代，大陸與香港關係遠比四十年代複雜，走私，當然也該花樣更多，誰來寫一本《新蝦球傳》？文學，比枯澀新聞資料，自當更引人入勝。

一九九〇年七月二及三日

《少年的我》序

何紫，我的同齡人。

在他筆下的時代，正是我們走過的時代，看他的《少年的我》，就像看一盒錄影帶，三十多年前的香港一角面貌，歷歷在目。

史籍，有時雖免枯燥，不是人人有興趣閱讀。可是，通過人的生活細節，用輕鬆的文筆記錄下來的小傳，有意無意間反映出來的歷史面貌，就很容易吸收消化。香港，還沒有一本好讀的香港史，年輕人又怕讀歷史，讀一讀何紫的《童年的我》、《少年的我》，大概也可彌補這一缺失。

戰後的新生一代，畢竟比我們幸福得多。他們沒辦法想像五角錢怎可以過一天，包括早午餐，還能儲起一角錢。一雙本地白波鞋——馮強球鞋，伴我們奔跑過童年少年的日子。別無選擇，馮強鞋是我們時代的名牌，哥哥穿過，輪到弟弟穿，一直穿到鞋頭帆布破了個洞……還有何紫少年的浪遊，也不過兵頭花園、電車上打野戰。英皇書院、羅富國師範學院的讀書滋味、赤柱和灣仔的風光、紅棉麵包、安樂園雪條……一切描繪了物質不豐足，但非常愜意的少年生活——也是香港二十世紀五十年代的社會情態。

何紫還記錄了二十世紀五十年代的溫厚人際感情：少年遊伴、老成而寂寞的園丁，彼此並無利害關係，憂喜與共的交往。淡淡的卻一生難忘。

時光易逝，轉瞬六十、七十、八十年代過去，何紫也由打野戰、學園藝的少年，變成刻苦勤工儉學的青年、努力不懈的兒童文學工作者，踏實熱誠的出版人。他見證了三十年來香港的社會改變，如果可能，我們可從《青年的我》、《壯年的我》……讀到香港歷史的側面。可惜，他寫了《少年的我》後，就因癌症離開我們了。

何紫生於斯長於斯，艱難走過成長路，在《少年的我》中，沒流露半點對艱難生活的怨忿之情。成長後，又處處不忘反哺這個植根地，這正是何紫的溫厚可愛的特點。

讀《少年的我》，惹起同齡人的絲絲感觸。年輕讀者大可不必這樣讀，因為何紫的輕鬆筆調、佻皮少年行徑，也夠吸引了。

一九九二年二月

澄清一件事

說起高伯雨先生出版《聽雨樓隨筆》的事，出版前一波三折，他在書中後記已經詳細交代。但他去世後，有專欄作者在追悼文章中，相傳該書乃得「多位好友資助」，才能成事，對於這個傳說，我想有澄清的必要，因為這樣說，有負了高先生兒女的一片孝思。

由我來澄清，也是必要的，事件經過，我最清楚。近幾年來，高先生常提起出書的事，一九九〇年年底，他的身體已經大不如前，他對我說想自資出版一本書。我深信這是他最後心願，如果找出版商承擔，恐多費周章，自資，倒是一個最快捷的辦法。打價結果還算合理，我就請林道群先生代為策劃和辦理。清樣打出的時候，高先生健康日壞，不斷進出醫院，本來他堅持自己校對，也無法完成。就在這時候，我接到他兒子高季平先生的電話，說知道父親要出書，兒女都想為他完成心願，希望代他出資，並囑我保守「秘密」，讓事成之後，才給他老人家一次驚喜。這是一件很令人感動的事，我自然答應。付出版費用的支票是由高季平先生親手交給我的，因此，《聽雨樓隨筆》一書出版，不必由「好友資助」，而是出自兒女孝心。

一九九一年九月九日晚上，高先生在銅軒設宴，和家人友好歡眾。在席間，他一再說起兒女為他出版的事，欣喜之情，洋溢於眉宇之間，這是令我難忘的。

這本書，由於製作過程有些技術錯誤，出版後才發覺，增加了高先生訂正的麻煩，我希望他日有機會再版，能作重新校對訂正。本來，高先生在出書前，想出版上下兩冊，後來由於成本關係，我勸他先出一冊。看來香港還有識見的讀者，出版修訂本，相信是可以的。在此盼高先生後人能夠續成其事。

一九九二年二月二十二日

古文是這樣讀的

在教育局及考評局重設中學範文加入文言文聲中，我正擔憂如今之世，中文老師怎樣教古文的時候，何福仁寫的《歷史的際會——先秦史傳散文新讀》真叫我眼前一亮，讀來精神爽利。

歷來，中國傳統文化是文史哲不分家，也正宗的通識讀書涵養所在。不知何時，有人把中文教學分拆成甚麼語文、文學來學，近年變本加厲，把文章逐句逐段拆碎來教。讓好文章變得支離破碎，無情無貌，無義無理。教怕先生，教亂學生。一聽古文重出於範文，又怕被「肢解」為：「子曰，子是主語，曰是動詞」那樣糟糕。

何福仁老師的新讀，最重要精神在「文學意蘊的解讀，也要放回構成的時空背景去，並同時印證一己的經驗，古今融合，而不是純技術的客體分析。」古今好像相隔千年，但人情人性，仍有不改之處，讀史而通，則效果甚顯。何老師說史的記錄目的是：「為了反省、為了借鑑、為了除錯。而這不僅有助眼前個人的反省、借鑑，更是將來子孫的、全族的、所有人的資產，對行政、教育，以至各方面的做人處世，都是最好的參照。至於培養民族感情，不讀史，何能臻此？」他更一針刺中：「一個沒有歷史，或者不尊重歷史的城市，只是了無掛搭的浮城，何能奢談願景（vision）？不懂史，何能識？更何能通識？」

書中列舉的例子，正好說明讀通好古文（文學作品），連貫着歷史事件去理解民族走過的道路，從事件、人物進入情理兼融狀況，這才是有效閱讀。

何老師選取了三十三篇古文，雖只局限於先秦史的《左傳》、《國語》、《戰國策》三書，如〈燭之武退秦師〉、〈殽之戰〉、〈趙武靈王胡服騎射〉等等，但都是名篇，也是我們一輩人共同文化記憶，與眾多當年誦讀的唐詩宋詞同時進入我們的文化儲值中。我們永不忘懷的國族血脈，在不知不覺中得到孳生了。

一講到古文，有些人總會錯覺是八股冬烘，但何老師是讀通中外文學作品、評論，也是文學創作者，筆下就有新意。且看設題就知道：〈那一雙雙憤怒的眼睛〉，講「道路以目」；〈坐牢，也要坐得有骨氣〉講「楚釋晉俘知罃返國」事；〈王權，要八十一萬人搬運〉講問鼎事。我們從分析文章層次裏，完全感受興味盎然的讀史之樂——忽然想起當年教育高官說「中國歷史好悶，要刪掉歷史來令學生愉快學習」的歪理，就是他沒讀通史書之故。「古人不一定古，今人未必全今，古今相承相通」，讀古文是應該這樣讀，才獲得新的啓發。

如有教學設計者懷疑如此在情在理讀古文，恐怕會忽略了文學技巧的解讀，那也大可放心。何老師本來就嫻熟文學評論，他不會硬讀硬析原文。把個人的感受與原文意念，混成一體，連原文的寫作技巧，也在自然段中插論了。〈坐牢，也要坐得有骨氣〉、〈會問，也是一種學問〉都有極佳的分析手法。

不必強求硬銷，這樣讀古文，才得通透。借何老師的話：「希望讀者同樣可以體會，獲得啓發，並參與其中的對話。」

二〇一三年六月一日及二日

附錄：認錯的重要（節錄）

……最近連連兩犯，當事人雖不計較，只是淡然指瑕，我仍深深歉疚，因為這不但對不起當事人，也對不起用我這二手資料的讀者，更影響歷史的紀錄。

……第二件是〈古文是這樣讀的〉，我竟寫上「何老師選取了三十三篇古文，雖只局限於先秦史的《左傳》、《國語》、《戰國策》三書。」這種粗心大意真不可饒恕。因為何老師是撰文三十三篇，而選用古文卻共四十三篇。引用古籍除三書外，還有《史記》。儘管何老師溫厚說：「小小誤會，不要介懷，也毋須更正。」但我不能不道歉更正，購讀此書的讀者當知我的失誤，指摘我粗心，我願意承受，但沒讀到此書的，以訛傳訛，也會產生誤導。這誤記可能令他日某些研究者錯用，產生不必要的麻煩。

有人會認為我小題大做，也許是。歷史紀錄，本來就存在書寫者的立場不同、識見所限、掌控資料多少、不自知的偏執等等條件，也難盡如實錄。但如有可能，多得當事人指出問題所在，而處理者願意又有機會立刻認錯更正，仍是一種研究應有態度。

二〇一三年六月十五日

夜讀閃念

夜半，醒來，還是看書，也只好看書，看不那麼「嚴重」的書。往往禁不住一閃一閃念頭，寫下來，不是書評。

野豔

野豔，用這個詞形容邁克的文字，不因為他的書叫《採花賊的地圖》，而是他寫來不守常規，叫修辭學語法學的專家們束手無策，但整篇讀來，卻豔得很，有時更淒豔得很。

一向規勸學創作的青年，不要濫用成語套語，如果能像李碧華、邁克那樣用又不在此例。他們信手拈來，插在文中，竟另有風采。甚至廣東話，到了他們筆下，也具足新生命。邁克說：日子流流長。我才醒覺原來「流流長」，很形象，看着想着，忽生感慨。

這種野豔文字，不能分析，不能佳句摘錄，全文讀來，就有感覺。邁克寫粵語片的提要如此，寫任白情誼也如此，輕柔柔，道盡幾許人生小調。

多少人寫過圖書館，只有邁克，寫來不動聲色，卻讀得人驚心動魄。

新潮

葉夢，對香港讀者來說，是個陌生名字。十年前，讀她的《羞女山》，印象深刻。最近看到的文集叫《月亮、女人》，副題「葉夢新潮散文選」。怎樣「新潮」？原來文字很女性（？），內容完全寫女人心思，一半寫自己與月亮的聯繫，一半寫自己「創造」了另一個生命的經歷和感受：懷孕到兒子歲半的女人情懷、寫「回歸女人一族」的細碎事。一切很個人，很女人，與社會、國事大計無關。新潮就在此。

這樣內容，港台女作家不必哼一口氣就寫出來，但在大陸，真不容易，掙扎四十年才破繭。一個讀者說：「那些雄化或者分不清性別的散文讀了讓人乏味。」新潮，就在此，一條漫長的路。

一九九三年十一月二十九日

六三〇電車之旅

我只能說：服了！

李碧華的六三〇電車之旅！

我比她早一天，想起出外拍照——是不是搶拍？應該有點搶的心境了，可是，竟然忘記了「電車之旅」——竟然忘記自己心愛的叮叮，反而坐了巴士，真是陰差陽錯。

只好說，原來我愛電車愛得不夠深！

李碧華就把六月三十日那天的所有時間許了給它。整整一天，重要的一天，由太古開始，路線循環，走完所有電車路經之地。用心眼用傻瓜機，毫無鋪排地拍下沿途所見。

「因為最後，所以饑渴」，蒼涼之情，莫過於此。

「像男女之間，每是驀地驚覺：『原來最愛是你』時，便得黯然作別。痛恨不懂珍惜。」也只有真的深愛過才會明白。

後悔也追不及，我只好跟隨李碧華的心和眼去作電車之旅了。

她所關注的畢竟與我不同。

「金鐘廊，基於私人理由，因為有一點回憶。」我呢？金鐘不是廊，是中學六年上學必經之路，金鐘果然有個鐘，在英式建築尖頂下，告訴我，上學路程只走了一半，腳步不可放慢。灣仔，她記的是雙喜、龍門，我呢？是童年記憶的全部，怎可不記修頓球場、春園街？

跑馬地，她無端說了一段傷感文字，然後書印出來，照片卻反轉了，牽連了許多陰靈聯念。我呢？父親埋在一棵雞蛋花樹下。花開花落的季節，撲鼻的是雞蛋花味，對我來說，是哀傷的味道。

李碧華，犀利的聯想，是我沒有的，這就是她能在沒有準備下，還能完成六三〇電車之旅，而我呢？笨得去坐巴士，徒然由西環到筲箕灣、跑馬地走了一趟。

我只能追隨她寫的去看去想了。

一九九七年八月十三日

灣仔故事

如果相信注定了那是灣仔的宿命，那必須讀相差六十五年的兩本小說：一九四七年黃谷柳《蝦球傳》，二〇一二年黃碧雲《烈佬傳》。

一直都讀黃碧雲的小說，習慣她的寫作取材與風格，冷不提防她如此寫灣仔的烈佬。老灣仔人總好考據灣仔命運，何況兩部小說都牽連着灣仔頹廢一面？毒品買賣、水兵（外來者）酒色滿足、舞女妓女、舞廳酒吧等等。

蝦球就是黃谷柳給他的名字，黃碧雲一直以「我」稱呼小難。兩個從小就江湖浮沉的男子，前半生何其相似，行走於灣仔中心地帶，烈佬地圈闊一些西至星街，東至馬師道。蝦球則來往於高士打道海傍至春園街一帶，他也因跟鱺魚頭大佬去過中環大酒店、畢打街，不過只是偶然見識一下而已。修頓球場同為二人活動場域。儘管蝦球沒像小難賣毒品，他還是在王狗仔帶領下做些非法勾當。兩人都在水兵身邊討生活，兩人都在灣仔有女朋友，蝦球的叫阿娣，烈佬的叫阿嬌（喬）。他們在不同年代活在灣仔，蝦球四十年代，烈佬則自六十年代始一直看灣仔風雨度過一生。兩小說就一先一後把灣仔故事連起來了。

作家的想法主宰了人物的命運。黃谷柳心繫祖國，讓蝦球走過獅子山返回大陸打游擊。黃碧雲的烈佬卻一直活在香港，他由灣仔差館臭格到赤柱、大欖監獄，由白粉到美沙酮，好像禍害都源於灣仔。不過，黃碧雲筆下不止講灣仔，「彼處」一筆，不容忽視。

收筆處「灣仔現在好靚，也不是我以前的灣仔了」，善哉！善哉！

二〇一二年十二月二十三日

《黃金時代》的看法

有人為《黃金時代》的演員眾多，擔心有些觀眾吃不消，特別不熟現代文學的人，除了魯迅、蕭軍、端木蕻良（散場後，果然有人問我，何故有個日本人？）稍記得住外，只見陌生面孔、陌生名字，個出個入，頗感眼花。我誠心說，這套電影、編劇與導演，都有話要說，故層次豐富，解讀的方法很多，熟蕭紅身世的人有個讀法，熟那時代的人又有個讀法，從電影想到今天又有另一個讀法。甚麼都不熟，就只看蕭紅這個女子的愛情故事好了。環繞她身邊的人怎樣對待她，她怎樣對待人，觀眾憑自己人生歷練，直接觀蕭紅，遂各有品評，不必考證各人身份關係，那會暢順得多。深淺由之，正是編導的功力。

我倒沒想到編導給周鯨文一段不短的鏡頭。熟現代文學的人也未必知道周鯨文，他是東北人，一九三〇年代末，在香港設時代書店，辦《時代批評》、《時代文學》，幫助東北留港文化人士解決生活問題，蕭紅端木蕻良到香港後，是他照顧一切。他的活動能力很強，電影中就見他指揮若定。我一直奇怪，端木當年何故不畏長途，在兵荒馬亂之際，要把蕭紅一半骨灰埋於淺水灣。問過他，他說蕭紅愛海。當年交通不便，留港人士不易去淺水灣的。據周鯨文兒子周崑告訴我，原來周鯨文有座泳屋在那裏，常帶他們去玩，給他們留下深刻印象。

至於幾個跟蕭紅有關係的男人，誰是誰非？他們日後各有說法。蕭紅愛誰多少，旁人難以置喙。蕭紅寂寞，卻是事實。

二〇一四年九月二十八日

詩會歸來

星期天下午，暫且推開如山的工作，去參加詩人王辛笛的詩朗誦會。

看現代詩並不多，愛看就是愛看，也不懂得許多詩理，最早看的是徐志摩，第二就是王辛笛，那已經是六十年代中了。坊間沒有他的詩集，蓬草不知從哪裏弄來一本《手掌集》手抄本，我們就一首一首的唸，也抄給學生唸。但其中有一句，卻想來想去，想不出甚麼意思。那是「挽歌」中的：「前程是『戀水』」。甚麼是「戀水」呢？有一天，我們正在說這問題，唸外國文學的吳靄儀剛巧也在，她看了看說：「該是抄錯了罷？是不是『忘水』或是『忘川』？」她這樣一說，再仔細推想一下，真該是「忘水」，那就通了。可是，沒有原本可以稽查，只好存疑了。直到好多年後，看到了原本，果然是「忘水」，疑團才解開。這是我們讀王辛笛詩的一段小插曲。

詩人在詩朗誦會裏也說了幾段插曲，包括女讀者為免破壞心中詩人形象，拒絕與詩人見面的故事，也包括座中有人曾用詩人的作品，打動了一個漂亮女孩子的心，終於結成美眷的故事，我們聽得很開心。當然，還有詩人用沙啞的聲音詮釋自己少年時代，我們熟悉的詩。想像詩人怎樣擷取意象，如何琢磨字句，一首首曾令我們醉倒的詩，原來是這樣寫成的，我們聽得很開心。當然，還有詩人如今的詩——我們不熟悉的詩，——雖然，它說到我們最熟悉的地方——香港，雖然，詩人是特地為香港而寫的。但，不知道，是詩人太坦率了，還是我已過了為詩醉倒的年齡，竟然，一句也記不住。

中場休息的時候，我就退席了。再見，平安地，再見，年老的詩人，「再見」，就是祝福的意思。

一九八五年五月二十二日

致耕者

遙想一九七八年，我首次踏進「紅磚」建築物，與司馬長風先生一同討論理工同學的作品時，我們是多麼的感動和興奮。

在往後的日子裏，我們還不時提及怎樣把那些好文章出版，讓它們留存下來。果然，理工同學親手把它們留存下來了：《紅磚集》、《穰田》，到今天的《文窗》。

那的確是一塊需要誠心求福，才能豐盛的田：在紅磚，在理工實用科技儀器的覆蓋下，十多年來，有着無數敏感而躍動的心靈，用誠懇熱切的筆觸，一犁一耨地培植出來。都市人，不容易理解耕一塊田，要有收穫是多困難。文學人，也許不明白在理工氛圍裏，要多費力才保得住一顆流動易感的心靈。

年復一年，理工愛好文學的同學，從上一輩手裏，接過犁接過種子，在建築物愈來愈密集的園地上，艱難地努力地繼續耕耘。這一次，我讀着十一屆到十七屆的散文，我深深體會，愛好文學的同學，走過一條如何艱辛的道路，但他們仍然努力在密集的建築物中間，開啟一扇窗子，讓陽光、空氣進來。

我盼望那裏有一塊豐收的田，我祝福開窗子的人。借下面幾句話，願與愛文學的人共勉。

「外面的世界，雲淡風清，景色怡人。我迎着微風，向着我的國度前行。不困，不窘，亦不睏。」（張佩思《困・窘・睏》）

一九九五年十一月三十日

《飲茶請進》

「在時代巨變中的香港，曾經有過這樣一群真誠率直的青年人。」老師如是說，作為讀者的我，讀罷《一群大學生的自述——飲茶請進》，也深深感動——被年輕的心事、被坦露的感情、被真實的經歷所感動。

一篇篇不矯飾的文字，展示了新一代香港青年對自身、香港的看法，也從許多生活小節中，重現了二十多年來香港的舊貌，還有大陸與香港的關連，兩代人的身份追尋。很久沒有讀到這樣真切坦誠的文字了。他們「認了」。他們認了自己對香港對祖國的愛恨：「我的香港故事便是如此。縱然這些小片段盛載了太多的無奈，但它們都是百分之百取自現實，是我心目中香港的反映。」

看得太多成年人的各有個人企圖的嘴臉，太多滿肚密圈的話語，真叫人吃不消，忽然，這樣一本書，如飲清茶，既令我心頭一震，同時也解苦渴。要外邊的人了解香港，實在艱難，外邊人寫香港，更是飄飄忽忽、朦朦朧朧。本地成名作家寫，往往附加了藝術手法的處理，文化評論家寫，又用上無數理論來解讀，一時間，把本來已經夠複雜的香港性格，說得更複雜。寫香港歷史，真是談何容易！

這群年輕人，用文字記錄了許多真實香港面貌——他們心中眼裏的香港，沒有理論，沒有思想指導，其中容或還有局限或片面——書中缺了老泥妹與古惑仔，但這正好證明了「香港一群大學生」的身份。草根階層或小市民怎樣在秀茂坪、土瓜灣、鑽石山、香港仔的木屋、公共屋邨裏，把子女養大成人，進入大學，這也正是二三十年來，香港的歷史見證。

沒有叫座作家，卻有真心的香港身世。請香港人都讀這本書。

一九九六年五月二日

告別《星晚》

告別《星晚》！

我首先想起李淩瀚的《阿牛正傳》。

從小就愛看漫畫，還沒進小學，看的是母親買給我的《三毛從軍記》、《三毛流浪記》。三毛，這小孩子真慘，但他的遭遇，對香港小孩子來說，很遙遠，也陌生。記住了他的飢寒交逼，記住他受有錢人的虐打，記住他站在路邊看食店櫥窗裏的美食等等，只記住他：慘。

《星島晚報》副刊的《阿牛正傳》，阿牛也是個小孩子，生活在香港。李淩瀚畫得極細意，到今天，我仍記得阿牛的樣子。漫畫每天在《星晚》出現。阿牛真慘，他窮，但他想辦法活下去。我最記得的是，他不知怎樣借得五塊錢（還是十塊錢），去買了一疊報紙，便沿街叫賣，果然賺來生活費。為甚麼會記住這個情節？因為，忽然很安心：只要有十塊錢，就可以賣報紙謀生，餓不死。我是每天追着看阿牛，直至他長大。

以後，在《星晚》看徐訏、南宮搏、李輝英、劉以鬯、上官牧、司空明（周鼎）、任畢明、上官大夫……是每天下課後，晚飯前的「功課」。中學時代，我同時看《新生晚報》、《新晚報》，這三份報紙，成為我主要閱讀養份。

停刊原因是「讀者不再看晚報」。的確，我這個老讀者，也很久沒看《星晚》了。撫心自問，是沒有支持它。近年常聽傳聞它要停刊，但仍相信星系報業會讓它存在下去。說許多理由，解釋自己沒看它，已經再沒有意義了。在此，我謹向這份給我無限養份的報紙致意：你的工作，已為報刊歷史寫下不可磨滅的一頁，你的離去，非戰之罪。在過去的日子裏，你為讀者提供了豐富資源，功勞沒法計算。香港報業史不會忘記你，老讀者不會忘記你！

一九九六年十二月二十一日

舊路行腳——《中國學生周報文輯》序言

為了寫一篇前言或後記，有很長一段時間我給一種難以描繪的重擔壓着。左思右想，結果變成「恐懼」無法下筆，這分明給自己過不去。

想當初，也並不準備做些甚麼嚴肅研究工作，到如今，我不該吃得那麼緊，弄得自己和他日讀到此書的讀者有點惶惶不可終日。

好！終於想通了，大包袱一扔，果然輕鬆自在得多。

我終於決定，以漫遊者身份，浪蕩在一條現在已經不存在、但它卻真真正正實存了二十二年的文字道路上，四周一再打量。

這是一條不再存在的舊路，我從前走過。許多人從前走過。路上風景，有些早已忘卻，有些隱隱約約，有些恍如舊識，有些似舊還新，重臨其中，未免目光游移，心神歷亂。儘管仍以悠閒、不求有得的浪蕩心態，卻間中難免信手摭拾自以為有趣、足可證實我曾作行人的片段，作為一種經驗紀念品。

行走在舊路上，隨手拾取的，自然不會全面，就像一個旅遊者的攝影機。拍得的照片，並不等如旅遊點的實錄報告，一切只因遊人鍾意——鍾了意，就不必加些甚麼解釋。

遊人不迴避自己的偏愛，同時也陳列了自己的觀賞角度。讀者不必認真，大可揚棄慣用的解讀方式，搜尋甚麼注釋、說明，來細意推敲來龍去脈。跟行街一般，隨緣偶遇，或許在這條舊路中，同樣也會有點閒趣。

消失了的舊路上，有認識的不認識的名字身影，我都以眷戀而溫柔的目光看他們，浪蕩者開始有點情不自禁，我知道這是不應該的，但有甚麼辦法呢？結果仍是因為自己鍾意。

到頭來，我了卻一樁心事，而你，愛怎麼看就怎麼看，反正，對一條已經不存在的舊路來說，歷史呢、神話呢，已經不再重要。

一番心事，幾行足印，走好呀！

一九九七年六月

通俗的意思——為「舊夢須記」系列序[1]

我不是開講香港文學，不說高深文學理論，只想繪講多少年來，廣義的香港文學走的一條通俗路線圖。

不必拉上甚麼「集體回憶」大名堂，但，如果你輩份及得上，讀了這些作品，自然掉進前塵往事裏，思潮一發不可收拾，懷舊與否，各自修行。假如你還年輕，讀了這些作品，足夠勾起好奇，相信更會因事前缺乏歷史認知，而「知道」了一些似曾相識或完全陌生的香港人情世故，令你耳目一新，禁不住沿路追尋下去。

香港，是個商化都市，一切人的生計，均依賴市場銷路好壞為主導。不必隨意批評人家過於功利，只因生活必須看供求是否如意，供求都看準了市場需要。幾十年來我接觸無數我尊稱為作家的文化人，他們多在報刊上寫作，都出了名，深受讀者歡迎，但不約而同，坦率陳言寫作不過為了「謀生」，十分自覺把寫作視為謀生技倆，不作進人文學殿堂、名列文

1 「舊夢須記」系列包括：
張詠梅編《醒世懵言：懵人日記選》；
樊善標編《犀利女筆：十三妹專欄選》；
熊志琴編《經紀眼：經紀拉系列選》；
樊善標、葉嘉詠編《陌生天堂：五十年代都市故事選》；
熊志琴編《異鄉猛步：司明專欄選》。

學史之想。這樣動機就令他們下筆時，必然想到怎樣吸引消費者的注意，投其所好，引起共鳴，是最佳辦法。這倒不是他們獨特的想法。一九三九年五月，一群關注香港文學發展的文人聚在一起，商討「用甚麼方式爭取香港的讀者大眾」。身在香港大學當教授的許地山提出了這樣的意見：

「我想有一個很好的方法就是用說書的方式，改良說書的內容。我時常在西營盤說書攤細細地觀察過。人，總是愛聽一些新鮮的材料，很多說書者現在亦時髦起來。……根據我二十五年來教書的經驗，自動找書唸的學生，一百人中怕沒有二十五人，多數的學生，都是聽人說甚麼書好，就去找甚麼書唸。可見書報的宣傳與介紹亦是很要緊的。」[2]

可見七十年前閱讀者心態，與今天相差不遠。讀者讀報一為獲得資訊，二來為了消遣娛樂，故報刊可視為商品，爭取消費者是理所當然。歷來香港報刊數量多，最能給靠稿費解決生計的文人有利陣地。明白了報刊生態，寫稿人自然知道該如何滿足讀者的需要，以即時而快速方法應付出版流程。

要天天寫稿，取材應以就手方便為是。要滿足讀者好奇求知，當以社會動態新知為首要。為給與讀者消閒消遣感覺，最宜配以能引起共鳴或有趣的情節。因此，報上副刊作家，

2 李奇卓：〈用甚麼方式爭取香港的讀者大眾——文協第二次座談會紀錄〉，《星島日報．文協》八期，一九三九年六月十九日，頁碼不詳。

必然多以當時社會動態入文，散文隨筆，我見我聞，信手拈來，添加己見，遂成短小精悍之文，給予讀者新知或引起共鳴。如以小說形式出現，則創造具代表性人物，添鹽加醋，務求讀者當下難忘，成茶餘飯後談資。

五六十年代，是香港城市發展的轉折期，不同地域的人流匯集，社會變動大，報刊成為資訊消閒重要載體，故大報小報數目驟增，堪稱空前盛況。報刊編輯為求爭取讀者，紛紛擴大副刊篇幅，增加專欄，豐富版面。作家也因時度勢，力求配合世態人事，寫成湊合一般讀者口味的文章。「湊合讀者口味」，似有貶意，但據當時文壇生態，卻是實話。不如換個較易接受的用語，就是「通俗」。當年許地山口中的「說書人」，就以通俗取勝。為求流通，為適應市場，作為商品來生產的文字作品，寫來通俗，也須具備一定的創意與文藝技巧。不過，有時為了及時交稿，難免有下筆粗疏，不講求結構嚴謹，甚至情節前後矛盾的毛病。只是作家寫作時大概沒考慮過他日要經文學批評家的法眼，偶有機會以單行本流傳，也不過收多些版稅，未冀求進入文學史家的觀察範圍。正因如此，他們的通俗實存，輕易隨時光流逝，隨舊報刊不受珍視儲存而消失。不過幾十年，他們的作品、他們的名字，一時風流雲散。這種歷史遺忘，是香港常態，很悲哀。

正由於這些作品通俗及流行於當年，我們不能不從新的角度檢視它具有的另一種意思。既然通俗，就表示它有為當年社會所接受的面貌，它反映了一般人的處境與心態。這正是「大歷史外的枝節」，是「貼近讀者的期待視野」，是「一幅四五十年代香港社會浮世繪」。

作家用文字即時留形傳聲，把當下衣食住行百般情態盡納其中，這種實況內容騙不了讀者，故真實性甚強，細節比大歷史豐富，我們欲知香港前世今生關係，暫無正史可尋，大可從舊報中眾裏尋它。

舊報散佚，各大圖書館所藏不多，就是實存，一般對前塵往事感興趣的讀者也不容易翻尋。但有心人如能從細讀中勾沉索隱，整理出版，對今天讀者，自有吸引力。由於它通俗，讀來輕鬆，容易滿足探隱尋幽趣味。讀後自可勾勒出當年香港社會面貌，比較今昔異同，不求深入研究，也得一個「趣」字。從社會學、民俗學的方向閱讀，價值也大，反正正史過於鄭重，在輕盈枝節切入，大體也可重組一幅社會百態圖像。至於文學史家讀來，心中明白，講香港文學，都懂香港文化生態，純文學多寄生於通俗園地，太講求正統觀念去衡量採摘，往往失諸交臂。

今回這個「舊夢須記」系列，經編選者細意挑篩一些舊報上作品，汰去粗疏，留取可窺當年人事的片段，並添加有助理解的引導文章，以為讓者深入研讀之助，頗能繪畫一個較完整社會圖景。以「雅俗共賞」態度採材，輯印成書出版，當作尋根存真也好，當成娛樂趣味也妙。如何解讀，就看讀者與香港的情分了。

二〇一一年

不能脱「俗」

要了解或研究香港文化、文學的人，必須掌握香港社會心理，理解特殊的文化生態。清楚的説就是不能脱「俗」。

俗，層次也很多，就看從事的人立心於哪個層次，做哪個層次的事。香港文人沒有政府關注，更不會「被養」，他們自我謀生。從前香港報刊多，文人寄身其中，靠筆養活一家人。報刊老闆要靠銷路，市民大眾是顧客，當然主宰了報刊的某些路線。

説到謀生，八十年代以前的文人，也眞的要從俗中求存。且看二十年代熱愛純文學的作家，如黃天石，到後來，還得改名傑克，寫起流行小説來，果然紅起來。但他不忘初衷，五十年代中葉還辦了《文學世界》。劉以鬯來港以後，長期在報刊從事編與寫工作，寫稿之多，不下於流行作家。他長期在娛樂小報《銀燈》副刊中改寫西洋小説。而在編《快報》副刊時，在眾俗納雜文字中，用他自己的話説，常「夾帶」些如西西、也斯的專欄。也曾遇過上司説讀者來函投訴有些文章不好看，要他腰斬該稿。他頂得住的就仍用下去，頂不住也無可奈何。

有時候，連讀者也不能脱「俗」。十三妹曾在那些頭版刊着大幅裸女照的報寫稿，我為要讀她專欄，每天都得到報攤買報，最初報販也帶奇異目光看我，往後我告訴他為了讀好文章，他哦一聲，天天自動把報紙捲好遞給我。作為研究者對香港文化的探求，特別對四十至七十年代，更不能有潔癖。不少作家在謀生之餘，努力認真書寫，這叫俗裏藏珍。

二〇一三年三月十六日

俗裏藏珍

香港上了年紀的讀者，一定知道「三毫子小說」。這種流行通俗小說形式，是五十年代初由羅斌創設的。他由上海來港，看準了市民閒暇需要消遣時機，辦環球出版社，用新人來寫稿，大量出版廉價小說。從此環球文庫、環球文藝的三毫子小說，遂成了文化標誌。（六十年代已不再三毫，到一九七八年售價已升至一元了）。

那時候，許多日後成名家都在環球試筆，他曾說自己放手讓能寫的人創作，不理名氣。他辦刊物的成功，成為許多同行效法對象。讀李洛霞〈訪蔡炎培・談三毫子小說〉，才知道沈寶新也辦了明明出版社，出版形式相似的星期小說文庫，而蔡浩泉的小說也在此閃亮。

應謝葉輝把六十年代蔡炎培以杜紅為筆名寫的〈日落的玫瑰〉、〈風孃〉復刻重現。現在讀這兩小說，不禁驚訝六十年代試驗性的寫作技巧之強。作者完全不遷就三毫子小說的慣性讀者，除下敘事手法新之外，小說中還提及許多外國作家，而戴天也忽然現身，有對有答。主角許星堤還提到葉維廉、王無邪。難怪董啓章說：「嗜好四毫子小說的讀者，一不留神買了，會不會跑到報攤大喊回水？」在〈風孃〉中有一段，男女主角在炮台徑看着流水談話，「一片紫荊順着流水飄去。」女主角提起那古老街燈，男主角心中想：「在一個新香港之後也不會熄滅的街燈，讓能夠生活在香港的人都懷念舊一代的艱難。」早在四十多前，已有預言能量了。

嫌三毫子小說俗，就會錯過所藏的珍。

二〇一三年三月十七日

一本瞻前顧後的書——《疊印：漫步香港文學地景・一》序

用迷濛病眼勉力讀完十八篇文學創作，借樊善標導言的話，那是「也兼容考史、議論；立足於當前，也和往日書寫當區的文學作品對話，展示歷史的厚度」的文學作品，感受甚深。

忍不住把他們的文章，跟前人寫過香港的作品比較一下，用情視點、取材遣詞，果然很有分別。前輩以過客身份觀照香港者多，關顧香港處境者少。本集所收作品，十八位作者無論土生或外生卻着地成長的，筆下都瀰漫了「在地感」。我本不想用「在地感」這個新詞，但它含義頗能呈現對「本土」的關懷，也涵蓋以理論視角，配合情與理，考察與反省兼而有之的書寫策略。這種書寫情狀看來有點不約而同，不必排序次說他們屬哪年代的人，我讀到他們對寄身之地的另一種情懷。

當然，各作者截取歷史面貌各有不同，與前人作品對話也見層次深淺。儘管有着「好的文學作品卻有頑強的生命力」的信念（鄭政恆），或肯定「或許我們可以一起為自己成長的社區，寫一篇文章、寫一首詩、寫一部小說，一同構建該區的風景並發掘當中的意義。」（呂永佳）。可是不少作品的筆調中，往往隱約流露「對此無計可施，愛莫能助」的悲情（蘇偉柟）。當讀到「歷史總是與我們擦身而過，一回頭它的影子沉默地掠過我們的面龐」（鄧小樺）或「悲喜與榮辱，生死與禍福。許多的生命和生命的樣式今天都已逐漸或者完全消逝，於是我決定用文字堆起一座祭壇，為你們——為我想念的，一一招魂」（唐睿），或「魂兮歸來，葉文海大抵會回到鐵路博物館上的火車，幽幽想念那些年輕的情結」（李凱琳）……反覆細讀全集，或多或少，文字總彷彿有些這土地難以形容的魂，虛虛飄蕩着。我禁不住心頭一冷。幾十年過去，儘管他們情之所繫在本土，卻竟擺脫不了侶倫那種對土地的「夢幻似的感傷的糾纏」。

我細細思考「這本瞻前顧後的書」（樊善標）。歷史的厚實，文學的擬虛，總在作者起念之處，虛實碰撞，生成種種因果。那因果正構成香港身世寫照。「是存在與不存在的過渡」（劉偉成）？如果一塊土地永遠在存在與不存在的過渡身世，那難免永遠處於感傷的糾纏了。這種活該怎麼過？

以下不是我的話，是青年一輩的話。抄下來，與活在這塊土地上的人共勉。

「我們都踩踏着別人的土地。」（袁兆昌）

「且看新一代的香港人、屯門人，如何重新定義我們的城市、我們的思路、我們的生活。」（鄭政恆）

「而是你願意寄託生命的土地，縱使環境多麼惡劣，你仍願意與之相連。」（阿修）

「不管時空怎樣更迭，語境如何挪移，安居樂業始終是人本能的追求。」（鄒文律）

「一代人就這樣重新認識自己之所處、重新認識自己。」（廖偉棠）

二〇一六年六月三日

從複調交響中散步

二十八年匆匆過去。暮春三月，我一再重讀黃繼持先生為《香港文學散步》初版寫的序〈行腳與傾聽——小思《香港文學散步》引言〉，讀到最後他寫下「一九九一年春日・有霧」，彷佛自己今天也在濛濛迷霧中，執筆書成此後記。

自二〇〇九年增訂版第三次印刷本脫銷後，商務印書館毛永波先生就跟我說要再版了。我認為自二〇〇四年新訂版、二〇〇七年增訂版的一再修訂，內容還有不少值得修改的地方。多說一句：「我想再修訂。」沒想到毛先生立刻說好，便派責任編輯蔡柷音來負責。從此我與她展開五年漫長的修訂工作。她除了執行實際編輯工序外，還要用許多時間陪我與鍾易理去散步、拍照。同我作「伴步者對話」。不斷跟我討論編排問題。要她多添工夫，實在抱歉。

自從這本書出版後，引起一些研究者注意，提出疑問，令我重新查核，獲益匪淺。加上近三十年來陸續發現新資料，顯得補充訂正的重要，借句流行話說：「尚有改善空間」。「空間」表示可增加篇幅，故今回頁數增多，添加了文字圖片。

添加的文章，多因它提供了一種新的角度，讓今天的讀者多了思考路向，添了認識當年的香港社會面貌，從而今昔對比，以便鑑古知今。我選文用意多通過「伴步者對話」展示，不過，解讀的方式，人有不同，各採所需，也因人而異。例如我讀了濟時寫的〈會晤魯迅先生後〉，覺得這個聽眾有點麻煩，問魯迅那麼多不是一時間能回答的問題。但因此惹出魯迅向他介紹北大同學近編刊的《新生》，這就令我好奇找來看看，才知道魯迅說「頗有價值」的含意。大家看了書影，不知有無所悟。探秘的〈聽魯迅君演講後之感想〉提出魯迅的話「有意在言外之妙」，果真是心思敏鋭，當年香港聽者有此水準，也非簡單。讀書遇上歷史公案，一時無法判辨是非，只有多閱同時期、同事件參與者的回憶，各種文獻紀錄，或許才見真貌，甚或仍難定案。我對這種情況，只好多列資料，讓讀者自己判斷。

加添了長文，如魯迅〈無聲的中國〉，是未經魯迅修改的文字紀錄。讀者讀畢，願意的話，不妨找已經修改的來細讀，箇中分別，頗堪玩味。如果你真以為魯迅主旨只為了反對古文，那你就不僅「有意在言外之妙」了。又例如許地山〈一年來的香港教育及其展望〉，讀者除了可以從中找到自己母校名字、一九三八年香港教育大體狀況外，只要不是快閃讀過，你一定得到更多知識、樂趣、啓示⋯⋯怎會有那麼多 XXXX 的？原來殖民地統治時代，所有刊行文字均要先送華民政務司署檢查，犯忌的字一律刪去，當年沒有言論自由，此文抽檢已算很少了。香港大學始創之初，香港總督與兩廣總督同為創辦贊助人，中港一體，早有先例。最後一段，更宜咀嚼。有多少啟示、感受，只看讀者各自修行了。

〔附錄〕增添了各修訂版的序文和後記，好像有點多餘，可是各文足以表達我多次增訂的心事，一路行來，步跡可認。而先後兩位青年編輯的對談，讓我與她們一問一答中，考思更多。

這本書修訂多次，均不離開一種想法：歷史並不遙不可及，只要我們以今天為主體，追溯以前的時間與空間，就會發現今昔的互動，甚或錯置，才驀然省悟黃繼持先生的〈引言〉中所說：「過往雖然成了歷史，卻通過人的肯認而呈現當前，且『投向』以成未來。過去現在未來，乃內化於人的心量與行為的弧線，而不再是冷漠的物理時間了」。書中眾多的歷史囑托、文藝叮嚀，讀者感動與否，有無反省，那就要看用甚麼方式，與時空交會，證實自己身處其中了。

我今回主張把〈引言〉放在全書之首，是因為繼持兄筆下完全剖析了此書的精神用心所在。事隔二十八年，他說的話，仍語語中的有力，其中不少更具先驗導向。希望讀者能憑着他所說，在複調交響中散步，以求「抵消歷史的詭譎」，跨越自設的思維界線，擴展新的視野。

二〇一九年四月十五日

讀《香港記》

一股香港學熱潮中，出版界十分熱鬧，書刊買不勝買，買來翻翻，竟然有滯膩之感，特別有些東抄西拼的「雞尾」書，作為資料蒐集，買了也覺浪費金錢。

無意中，在日本書店買到一本大橋健一的《香港記》，真如炎夏飲可樂加檸檬加冰。

此書作者在香港大學亞洲研究中心當過研究員，與呂大樂合編過《城市接觸——香港街頭文化觀察》。行街，成為他研究觀察城市的重要行為。以一個外來者的感敏，看到的香港，竟然給予我這個土生土長的老香港，有眼前一亮的啟示。

他以社會學角度，細緻詳細的觀察香港街頭面貌——所謂「考現學」，用來分析生活文化的特徵，很有說服力。

他的研究，也十分「日本」式。

說來好笑，灣仔道上的街市，我幾乎每星期去一次，而又是童年生活場景之一，可是，原來我並沒好好了解過它。我說大橋健一很日本式研究，就是這樣：他從莊士敦道入口的灣仔道頭開始，以手繪地圖方式，記錄了整條街兩旁的店鋪名稱及所賣貨品名稱。同時連擴展在路邊的小販攤檔也不遺漏。通過如此記錄，整條灣仔道街市街道構造就突顯出來了，而由他再依此分析，此街市以魚肉為中心、蔬菜、雜貨為外緣的構成形態與公營市場如何不同。

此圖繪於一九九〇年，我忽來興致，按圖沿灣仔道走一趟，記錄了到一九九七年那些店鋪有何改變，才算好好閱讀了一次灣仔道——一條與我曾經關係密切的舊街。當然我沒有學他，由早上九點四十五分至十一時之間，分別追蹤了三個女人在這街上買餸情況，也做了記錄，足反映普通主婦的經濟活動。

此外，大橋健一又觀察了莊士敦道、彌敦道上兩幢商住大廈的每層住用客身份，拼貼出一幅「雜居」的香港住屋特殊圖像。通過觀察街頭招牌廣告的日本用語，證明香港商人對日本的「重視」。又他繪圖記錄了灣仔柯布連道上一檔報紙攤擺賣書刊情況，看出地域不同與擺放報刊位置不同的關係。

他站在莊士敦道與灣仔道交界處，由下午四時至五時，數計經過的電車車身上所賣的廣告：所宣傳物品、出產地，反映了在香港的外國貿易狀況。我從沒注意香港借用電話的普遍性，看了他繪圖，才知道一條街上，只有極少數「商用電話，恕不借用」，其他商店都可方便大眾的。

我一向很怕外國人寫香港，因為他們多以獵奇式的眼光來審視這個觀光點。但大橋健一畢竟是個受過訓練的社會學家，又住在香港多年，他甚至關心香港脫殖過程、回歸中國期間的文化變動，故他所記，並不單單為了作日本人導遊。對於香港，我們有太多視而不見的習慣，也有許多不想談及的生活小節。日子久了，根本忘記身邊原來是部文化大書。就由這個住在灣仔多年，早起去街邊買份報紙、去茶餐廳飲奶茶油多的日本人給我們一種新鮮視角。（其實，新井一二三也有類似「功能」，可惜，她遇上保釣，她說得太多自己「看法加理論」，於是只能剎那光輝。）

這本書還有一個香港讀者會覺得奇怪的特點，就是手繪圖。除剛才提及的外，還有僭建花籠、街頭零食、醫生招牌、色情招牌等等，都用手繪記錄。為甚麼不拍照？（此書也有照片插圖），這其實是日本人由來已久的「觀察」習慣。小孩子從小就習慣通過繪圖來幫助細緻觀察。故老相傳，日本侵華前，早已對某村某市有了詳細繪圖記錄，想非虛話。

一九九七年七月三十一日及八月一日

《大圖解：九龍城》

剛在香港買到大橋健一的《香港記》，說他觀察仔細，手繪圖的特色。日本旅行期間，又買到一本更具震撼力的大圖冊：《大圖解：九龍城》。

這本大四開、岩波書店，一九九七年七月初版的圖冊，足見日本人對香港的「關注」已經到了無微不至程度。

九龍城寨遷拆，曾是香港各大小傳媒傾力採訪對象，風起雲湧，似一時之盛。我們在報刊、電子傳媒中，那些誓死保家的面孔，一閃即逝，等到寨城公園開幕，一切已成歷史，誰也不再提起：九龍城寨。

日本人卻不！

一直注視這塊奇異的土地。在一九九三年完全解體前，他們派出十一名專家：包括測量、繪圖、照片拍攝、數字統計專門人材，組成「九龍城實測調查」的「九龍城探險隊」，深入該區，以龍津路為主體，橫跨幾條街，進入每幢樓宇，詳細繪畫了每廈各層的横斷面圖，實測建築物外側風景、拍攝各戶搬走後殘留面目，並早已記錄未遷拆前每戶生活內容——可是本地傳媒從沒有如此仔細告訴過我們城寨人在裏面如何生活。

當我們翻閱八頁連頁對開的手繪生活復元圖的時候，心情十分複雜。九龍城寨，早成過去，日本人犯不着興師動眾來作實測，他們這樣做，可能沒有任何動機，只是一次個案調查的實測練習而已。看到探險隊年輕的樣貌，攜帶的齊全裝備，全冊的安排設計，我不能不說，這次個案實測練習，毫不簡單。香港人：謝順佳、杜社玲、鍾國鴻、蕭麗娟也為此次實測出了力，很好奇，這幾個香港人在過程中，做了甚麼工作，他們可不可以也把此次經驗寫出來？

我很盼望關心香港的人，學習歷史的人，都看看這圖冊！

一九九七年九月五日

歷史聚落紀錄

香港沒有全面的歷史紀錄，乃因其殖民地身世。自八十年代初，回歸問題提上中英談判桌上，香港人才忽然醒過來問，我來自何處？

近二十多年，不斷靠「小本經營」，學院派，民間派，各就自感重要性，或感興趣的主題，從事蒐集、整理資料，演成小規模的歷史紀錄，這就是他日構成大歷史的材料，不容忽視。

「明愛社區發展服務」最近策劃完成了一本《薄扶林村：太平山下的歷史聚落》，把香港島西半山上一個很獨特的古老村落記錄下來，讓這半隱身在高級豪宅邊緣，具備個性的小村，呈現出來，很有意義。

我知道這個小村，因為七十年代要到香港仔上課，天天路經它的外圍，乘小巴的人會叫村口有落，勾起我的好奇心，進去看過一次。沒想到它有那麼深層而有趣的歷史。

從書的內容看，可見負責策劃的人，採訪者，村民口述者、撰寫者、攝影者，甚至連編輯、書籍設計者都極用情用心，把這條村的人與事，鋪陳細緻得很感人。

讀着一頁頁，忽然很擔憂，儘管那些在我們看來各有個性各有顏色建築物，在官僚眼中卻是不合規則的，就怕甚麼時候，他們「熱心關照」起來，插手保育，講究規則，便把一切順其自然的生態消滅殆盡。

「前言」中慨嘆許多保育與市區重建書籍，大部份以「過去式」表述，今回「希望是以『現在進行式』來敘述」，那果然做到了。這比拆掉一條舊街、毀去一個圍村後，人才在事後痛心難過、無限低迴，來得有效。

二〇一二年十二月三十日

《唱衰香港人》

我不知道別人怎樣看這本書，對我來說，很有啟發作用。

從前看《醜陋的美國人》、《醜陋的日本人》、《醜陋的中國人》，總覺得寫這類書，必須出於「愛」的動機，才可令人反省。除了「愛」以外，還要切入一切真正生活上，體察民情——望、聞、問、切，宛如醫者，方可尋到病源。在學術界的名家，往往把玩學術理論十分純熟，搬弄專有名詞，寫出來的文章，很有學術定位價值，卻高高在上，藏諸圖書館，與庶民無干。要給一般人啟示，應把理論溶於生活例證中，要對庶民文化觀察入微、要對社會狀態敏感，然後，分析其病，一語道破，擊中病灶，才能收效。

這本書，題為《唱衰香港人》，只是個小聰明賣點，承接新聞「唱衰香港」一語，轉化了「醜陋香港人」的老土說法而已。最重要還是因不放心而加的副題：探討香港人質素衰敗。作者能望聞問切，為香港人診病。許多事例，都是我們習而不察的：媒體如何令我們失去判斷能力、影響了我們對善惡標準的取向、教育的錯失……累積成了「衰」的心性病毒。馮智翔在書中，也用上一些學術理論，但讀者不會生畏，因為前後的實例，令理論容易理解。

我們生了甚麼病？

香港人，好好弄清楚吧！家長、教師、救已救人，都該讀讀這本書，從中尋出一條新生路。

放縱而無知、道德含糊的自以為「叻」，如無名病毒，侵入我們心腦，求生之計，不能等待了。作者說：「我們如能從物慾橫流的社會風氣中自省，做回一個自知自覺的人……最終唱哀香港人的說法，也變成了唱好……」我們必須自我完善，才可抗衡歪風。

一九九七年九月十一日

一段護書往事——記陳君葆先生

陳君葆老師去世於茲十五年（一九八二年六月二十五日），每逢想起在南丫島、太古城追隨他問學的日子，我感到愧悔，因為至今我還沒有好好寫一篇紀念他的文章。現在年輕一輩，怎會知道陳君葆是誰？在看港文學研究起步時，我也並不知道他對香港平民教育、香港資料保存、中港文化溝通等等重要貢獻。一位默默為中港文獻資料努力不懈的文化人，香港除曾給他一個虛銜 OBE 之外，實在虧待了他，現在他的後人想為他出版遺作，也一波三折。

最近在《大公報》看到謝榮滾先生所做《宋慶齡在香港——陳君葆日記摘錄》，令我想起陳先生眾多的貢獻，不禁執筆試寫他盡力護書的一段往事。

翻閱香港歷史，不難發現在祖國危險關頭，它往往能提供某種活存機會，讓祖國向南開一口窗。

一九三七年「八．一三」上海被日軍入侵以後，有心的文化人早已憂心忡忡，懼畏一旦戰火蔓延，我國珍貴的書籍善本，就會遭劫，於是想方設法，陸續裝箱遠運國外暫存，他們多選香港為安全的中轉站，或暫托之所。當時香港這個英國殖民地，儘管已有備戰措施，但許多人仍甚樂觀，認為日軍不會向此英人管轄的小島下手。怎樣才能以正當手續，讓書籍合法地進口，轉運出口，是他們最關注的程序，幾經考查，知道只要通過一所重要學府，就可名正言順過關了。

香港大學中文學院主任許地山和圖書館主任陳君葆成為理想的協助人選。幾年內，以香港大學圖書館名義收取寄來書籍，數量極多，這項工作，實在吃力不討好，因為書籍雖然運到港大，但並不屬於港大，許陳二人作為「中間人」，責任非輕。首先親自拿提貨單去取貨，再要點收，更要找地方妥為保存，部份藏於圖書館，部份還得藏於上海銀行保險庫裏。書籍運港途中，由於中國局勢緊張，通訊不方便，船期不準確，阻障重重，累得中間人常要奔走竟日追查書的下落。另外，還需要處理十分雜複的物主身份問題，有些是私人藏品，有些是國立中央圖書館藏書，有些是物主身份存疑，卻左請右托要港大收留極珍貴書籍的。看陳君葆的日記，由一九三八年一月開始，他就幾乎天天為這些善本書費神。存館書數目多少，現已無從準確計算，但只是鄭振鐸分期由上海寄港的善本書，到一九四〇年底，已積聚了好幾萬冊。

一九三八年初，香港已微聞日軍攻打虎門、赤灣一帶的炮聲，到十月廣州淪陷，政府與市民再不那麼安心了。陸續做着防空演習，這種緊張氣氛，令許陳二人必須加快步伐，為那些公私藏書謀求安全之地。他們請了葉恭綽、徐信符、冼玉清等十多位著名學者負責整理、記錄、裝箱，準備分批海運到美國暫存。可是，太平洋戰火一興，海運無法如期通航，裝了箱的書還來不及運走，日本軍隊已經開始進攻香港。此時是一九四一年十二月廿五日——即所謂「黑色聖誕」，香港市民在連天炮火下，陷入三年零八個月的恐怖生活中。

日軍在港陷三日後，就派出十多名軍官由憲兵隊長平川率領，到香港大學封查圖書館，在門外釘上「大日本軍民政部管理」木條。真正是合該有事，他們仔細檢查存書時，竟發現一百一十一箱已裝箱的書，木箱上寫着收件人是「華盛頓中國駐美大使胡適博士」，而付寄人是「中英文化協會香港分會秘書陳君葆」。這批共三萬冊原屬南京中央圖書館的善本書，就使陳君葆陷於險境，擔上了「私通敵人」、「盜取中國古物」的罪名。負責接收及寄出那些書的兩個人，許地山已於一九四一年八月病逝，就只剩下陳君葆一人孤身擔承這罪責了。當時平川認為事態嚴重，懷疑還有許多中國古物利用這途徑運走，於是把陳君葆和圖書館工作人員劉國蓁、劉弼扣留起來，作長時間的盤問。陳先生日後回憶此事時說，他已作了最壞打算，尚幸當時日本人眼見館中藏書極多，且尚懂尊重文化人，就放過了陳君葆，但仍要他與各館員負責管理由總督部文教課接管了的港大圖書館。不久，他就親眼看到那一百一十一箱善本古籍，在一九四二年一月底運離香港大學，運到何處，他無法知悉，依據常理推想，必然運回日本去了。

三年零八個月，陳君葆為了保存圖書館所藏書籍，在敵人監視下埋頭整理所藏書籍，但對失去的一百一十一箱屬於自己國家的寶物，仍念念不忘。戰火中，損失文化財產，其實也非他一人之責，可是，對他來說，卻感到責無旁貸。到了第二次世界大戰結束，他就立刻展開追查，包括到各倉庫去追問存倉有沒有那批書。

一九四六年一月陳君葆知道外國友人博薩爾隨遠東委員會到日本執行審查日本戰爭罪行，乃托請代為留意那一百一十一箱書的下落。一九四六年六月博薩爾給馬提太太的信帶來好消息，信中說：

「我又在上野公園的帝國圖書館發現自香港移來的中國政府的書箱，我立刻報告東京的中國大使館。」

還希望陳君葆立刻寫信到東京的英國或中國大使館交涉取回。這一消息，給他尋書的一線曙光，他立刻寫信給當時的教育部次長杭立武，請杭氏必須加速追尋失書。皇天不負有心人，同年七月，杭立武來信報喜，說一百一十一箱書已經找回了。試想如不是陳君葆戰後毫不放鬆的追尋，寫了無數報告，這批善本書恐歸國無日。日本投降之後，中國百廢待興，試問派駐日本的人怎會留意藏於上野公園的失書？

回頭說三年零八個月的淪陷日子。

當時存於香港大學圖書館的中英文書總數約為二十四萬一千三百多冊。其中多是中外人士在戰亂期間托存的，也有上文所述各大圖書館所寄存的，日本人最重視文物文獻資料，只要看封查圖書館，是他們攻佔香港三四天後就趕着做的事便可知道。陳君葆不卸責，不逃避，孤身前往日憲兵部，面對審查，事後又答應日人繼續留任圖書館主任，與沒走散的館員一起埋首整理館藏圖書，可以說忍辱負重，與圖書館藏書共存亡。館員劉國蓁於十多年後回憶該段日子，用了「茹苦含辛」四字來形容。

陳君葆還為香港做了一件十分重要的事。在兵荒馬亂之際，人命難保，誰會關心一些不可衣不可食的「廢紙」？陳先生說在淪陷初期，他發現無數政府檔案例如生死註冊處的冊籍，散放在中環郵政總局內，沒人理會。他清楚知道這是香港政府和市民的歷史憑證和身份證明，就幾經辛苦設法把這等檔案運回港大圖書館去，為政府保護可供日後參考的資料，及為戰前出生市民保存了身份證據。另外，盡量蒐集因戰亂而散出的各大學、中學所藏書。以他專業知識，無私的態度，搶救了無數書刊。勝利後，陸續歸還原主。正因有些物主已不知所蹤，只好仍歸港大。令圖書館書籍不單保存完好，還增了無主可還的書，這完全是陳君葆一人的功勞。

英國政府從日本人手中收回香港後，對本地有貢獻的人，論功行賞，一九四七年頒給陳先生 OBE 勳銜。港督楊慕琦爵士在賀函中，讚揚陳君葆說：

「香港政府期望能就市民於一九四一年抗戰期間及其後淪陷時期的英勇行為、犧牲精神，以及盡忠職守的表現，對他們致以最深的謝意。」

這段讚詞並不是徒然的官樣文章，是真實的寫照。

陳老師晚年仍是關心中港兩地文化工作，退休在家與書為伴。我知道他幾十年日記不斷，詩作亦多，曾問他會不會寫回憶錄，他說個人的事，沒有甚麼值得記的，而每當提及許多與他有關連的大事，例如協助宋慶齡主理「保衛中國同盟」、追查藏書失去事等，他都多提別人，少提自己，現在細讀他的日記，也只見冷靜敘述，沒半點誇耀一己之功。這種修行：做了好事大事，不居功不誇己，而甘受寂寞，實在令人敬佩。

寫畢此文，試引老師於一九五三年十一月三十日寫的七言〈漫感〉一首，讓讀者細味：

老去生涯萬卷書　肯將身世付閒居
客來莫問知非歲　寂寞猶能待起予

後記

本文寫成參考了下列資料：

一、我訪問陳君葆老師的口述記錄

二、謝榮滾先生提供的有關事件的陳君葆先生日記節選

三、劉國蓁：《服務馮平山圖書館的回憶》(1–7)，《華僑日報》，一九五七年十二月十四至二十一日。

四、陳君葆：《水雲樓詩草》，廣東旅遊出版社，一九四八年。

五、鳳翬：〈曾被劫往日本的我國善本書〉，《藝林叢錄》第一編，一九六一年，頁88–90。

篇幅關係，引述文字不一一注明出處。在此謹謝謝榮滾先生的無私幫助，提供有關日記。又：盼陳老師日記能早日面世，因它足可為研究香港文化、中港英關係提供豐富材料。

一九九七年十月二十日

寶與草

廢物回收店黃老闆説：「老師，我有東西留給你看。」我就知道又是感觸動氣的時候了。

黃老闆在回收廢紙堆中，總尋到寶。他口頭禪是「我執番嚟嘅」。那天，他打開一大紙皮盒，珍之重之拿出疊疊發黃的紙品。「八和」兩個字光耀眼前。空白的八和同人大會選舉票、「附訂買戲條例」單、理事誓辭、八和會館與市政局的來往公函、八和會員證、戲班工作證、八和送給理事委任狀存根、八和作訂見證人的合約（所訂老倌名字寫得清楚），還有一九四八年廣東省八和粵劇協進的會章、會員手冊……每翻一種，我搖頭嘆息不已。

那是歷史文獻，足夠寫幾多頁八和會館史？可補多少粵劇發展面貌？可是就有人視如草芥，當成垃圾扔出來，難得有個人「執番嚟」，把它們當成寶。油麻地戲院就在附近，我建議康文署或有心本地文化研究的人，或八和有識之士買回這批資料，整理收藏。不是説西九有展館嗎？正為欠缺展品而憂，這是大好時機！

我有時對回收舊物又懂行的人，又敬又恨。敬是幸而有他們，無數珍貴東西才保得住留存下來，恨是只有他們經手經眼，就變得價格昂貴。不過，平心靜氣想想，人家有運，有眼光，保住好料，也該得應有報酬。寶與草，只一線之差。

最近城市大學圖書館把廢校的崇蘭中學的圖書館、文件櫃搬回來，計劃重構老校的讀書環境，這真是有心人。我最近也買到一些漢華中學四十、五十年代的文件，這些資料散落，是寶是草，實難預計。

二〇一三年一月十九日

讀冼玉清

一

《純文學》復刊第二期上，有一篇很具歷史價值，很動人的人物傳記：〈一個女子與一個時代〉。作者是寫《陳寅恪的最後二十年》的陸鍵東，傳主是與香港文學文化關係密切的廣東女學者冼玉清。

對於冼玉清，我知道的只是她的學術成就，她承繼樸學傳統，在考據分析、史料蒐集方面，十分沉實，功力深厚，是女界少見。她在聖士提反女校讀書之前，已深受教育家陳子褒的影響，在她紀念恩師的一篇文章，〈改良教育前驅者——陳子褒先生〉中，她說：「先生教人要旨，一曰不倚賴政府，二曰不靠商業，三曰提倡忍耐，四曰提倡女權，五曰提倡以善勝惡。」突顯了陳老師的主體精神。讀了陸鍵東的文章，才更深體會師恩。由於陸鍵東文中引用了冼氏的《自傳》未刊稿，就讓我對這位女學者的一生行事知得更多，例如她為了不負陳子褒「終身執一業不變節，可為後進楷模」的期許，「立意救中國，也立意委身教育。……想全心全意做人民的好教師，難免失良母賢妻之職；想做賢妻良母，就不免失人民教師之職，二者不可兼。所以十六七歲我就決意獨身不嫁。」五十八歲之齡再到北京，「本來想去看看新建設，豈知參觀北京圖書館後，看見它的好書，就日日去抄。早去暮歸，連飯也在館員處食。

想入京一個月，竟然為看書而住到兩個多月，館主任說甚麼僻書都讓我看光了。」進入文化寶庫，樂而忘返之情，躍於紙上。

二

洗玉清對學術的堅持和成就，我們在她的文集中，可以看到。她積數十年功力，寫成的文章算多，且篇篇都見如何利用史料得出新見，她的光華文采，不外露卻深為識者稱許。她的詩，我讀得不多，只知道並無閨秀氣，卻帶傷感悲涼。

今回在這傳中，更清楚了她一生為人態度，可以說果是陳子褒的心法嫡傳。陸鍵東，引用了中山大學所藏歷史文獻檔案，記錄了冼氏在一九五二年九月對自己思想所作檢討，足見她的價值取向。她在政治高壓下，如此說：「我嚮往賢人君子的人格，我講舊道德、舊禮教、舊文學。講話常引經據典，強調每國都有其民族特點、文化背景與歷史遺傳，如毀棄自己的文化，其禍害不啻於亡國。……我最同情自古忠心耿耿，而遭讒受屈之人，於是我專找這些人的材料而為其表白。」

她也一如歷來愛國懷憂的知識分子，坦然說出下列的話：「言論自由，處士橫議，是舊名士的習慣。我覺得說說怪話，發發牢騷，寫寫歪詩，事實有之，反黨則絕無此心。一生讀線裝書的人，是安份守常，不會造反的，希望黨相信他們多一點。」

歷史告訴我們，「守舊」的知識分子並不得到黨的相信，冼玉清的生活也不好過。一九六四年她返港探親治病，居留了十個月，廣州風傳她已逃港不歸。可是她並非如人所想，她在香港立下遺囑，變賣全部資產，全捐給廣東省的醫院，然後返回廣州。一九六五年十月病逝。一代學人。幸免於文革之辱，算是有福。

一九九八年七月十七及十八日

淡到無言意轉深

讀冼玉清〈題自繪白菊立軸〉：「淡到無言意轉深，籬東小立自沈吟，淵明去後誰真賞，好與西風托素心。」不禁為這位嶺南真正女才子的淡然一生嘆息。

她與香港甚有關連。幼年在香港，十三歲隨教育家陳子褒學習中國文史六年，打得穩固國學根基。詩詞畫均獨具風格，陳寅恪的父親陳三立曾稱讚她的詩作：「澹雅疏朗，秀骨亭亭，不假雕飾，自饒機趣。」這十六字評語，非一般閨閣詩人承受得起，更無嬌柔女兒態。她為理解外國文化，進聖士提反女校念英文，後到廣州升學嶺南大學，畢業後就任嶺大國文系，後轉往中山大學中文系任教授，以廣東文史考證為一生事業。她曾兩度再到香港。一九三九年嶺大避戰火來港，與陳寅恪訂為深交。返國後一直埋頭研究廣東文藝，蒐集廣東文獻，同時考究道教發展，掌握極豐富資料，是少有的廣東文史考證專家。家族有點錢留在香港給她，所以一九四九年後，她也會偶到港處理一下，那可給她帶來麻煩，竟有人誣告她到香港送情報，逼她寫坦白書。她當然否認，更如此寫下：「言論自由，處士橫議，是舊名士的習慣：我覺得説説怪話，發發牢騷，寫寫歪詩，事實有之，反黨則絕無此心。一生讀線裝書的人，是安份守常，不會造反的，希望黨相信他們多一些。」

一九六四年，因要治癌症再到香港，但已知無望，由於獨身、乃立訂遺囑，把全部財產捐獻給國家。

冼玉清一生，全心於詩詞及學術研究，不求名利，果真一片素心。

二〇一三年一月十三日

書聚書散

最近買到一批屬於香港文壇前輩程靖宇先生的舊書，感觸良多。

程先生筆名是今聖嘆，相信稍為留意香港報刊的老讀者都會知道。但他更是近代中國史研究專家，曾任教崇基學院，記得的人恐怕不多。

舊書足以反映程先生讀書興趣大概面貌，其中以清史、民國史為主。還有他老師陳寅恪、胡適，師友之間的周作人、曹聚仁的作品，他愛好的京戲、電影等等，可以說閱讀範圍相當廣泛。我把那一大堆書一一翻過，深深體察上一輩人讀書態度的認真。

每本書，程先生都讀過。幾乎本本都用毛筆在書內頁、書末、版權頁上題了字，起碼題簽、日期必具。精讀的還在天地空位寫滿批注、材料補充，蠅頭細字，一絲不苟。

有一套殿版《水經注》，本與我研究無關，但我也決定買下來，因為內頁有許多細讀痕跡，頁首有「我師胡博士適之手校批之四庫善本水經注，師之精勤，海內第一」，「後學靖宇程採稆」、「採旅山農於半山堂」，並蓋了朱印。買了作個紀念，也很有意思。

我每一次買到前輩或愛書者散出的舊書，總生感慨。程先生一九九七年八月去世，一年剛過，藏書就星散了。雖說書落在愛書人手中，總比無人問津，委屈在塵網好得多，但畢竟是一個讀書人的心血積聚，後人因種種原因，把它散出，從此不知零落何方，實在思之淒然。

忽然想到，藏書者既花一生精力、時間、金錢，朝着研究方向買書讀書，也應好趁自己在世的時候，妥為安置，方免所愛會頓失所依。

書聚書散，本屬隨緣，但也該盡人力而俟天命。

一九九八年九月二十四日

書店甜夢

愛書人的好故事

年假閒閒在家休息，無意間在電視中看了一套好電影——好，恐怕不是大多數觀眾的標準，即無大動作、又無情節，美男美女欠奉，轟烈愛慾免問，一切平淡如水，卻深深刻畫了愛書人的個性與交誼。

倫敦查寧街八十四號，究竟是不是曾經有過一家叫馬克公司的舊書店？我不知道，但類似的書店風貌，早在董橋筆下出現過。那些舊書店真叫人神往，而這套電影：中文片名譯作《柔情一紙牽》，俗是俗了點，倒也能點出故事重點。

千里外，一個愛書愛好版本的作家和一個盡力為顧客服務的書店老闆，憑着書信來往，神交幾十年。從此一喜一憂，都由書的買賣而牽引了。甚至整間書店的職員，也跟那沒見過面的顧客結上情誼。女顧客托路過倫敦的朋友去偷偷看望店中人，可是緣差一線，就是沒遇上。直到店主病逝，女顧客才下定決心，老遠從美國到倫敦去，推開店門，踏進搬空了的馬克公司，作最初也是最後的凝睇——既是電影的開首，同時也是電影的結局，一切平淡如水，卻幽幽扣人心弦。

舊書店，在許多作家筆下，都自有一種誘人魅力。書店老闆多是識力豐厚，而又尊重書本的人。他們往往與老主顧一生交往，做買賣也講情誼。可惜，余生也晚，加上生在商味甚濃的香港地，沒有機緣遇到令人心醉的舊書店，更沒遇上把顧客尋書心事掛在心上的書店老闆。做買賣，斤斤計較價錢，我覺得十分應該，世上沒有理由叫人做虧本生意。人家開店又有專業服務，當顧客的你情我願掏腰包。但如何在這宗清雅買賣上，仍能建立起由書而生的交誼來，就真是千載難逢的書緣了。

《查寧街八十四號》，真是一個愛書人的好故事。

一九九二年二月十七日

查寧街八十四號

五年前看了一套電影叫《柔情一紙牽——查寧街八十四號》，念念至今，兩個愛書人的紙繫深情。可惜沒有錄音，聲影流逝，只留記憶斷片。

沒想到，一個不多見面的讀友還記住這件事，寄來一冊 *84, Charing Cross Road*，是根據一九七〇年版本，在一九九一年重印的。

對英文書，我一向很抗拒：英文程度不好，自然是原因，但還有一個藏於心底不必公開的原因。但今回，少有的例外，我捧着書，一封信一封信，慢慢細讀——自一九四九年十月五日，女主角 Helene Hanff 寫給書店老闆 Frank Doel 的第一封信開始，到一九六九年一月八日，書店秘書寫信告訴女主角，老闆已經於一九六八年十二月二十二日去世的消息。黯然掩卷，靜靜度過了整個不眠晚上。

二人本屬十分「功利」的關係：買書人與售書者，但在書信往來中，卻淡淡地增進了彼此交情。最初，只是求書供書的公式書寫，愛書人，打開寄來郵件的快樂、供書人苦尋好版本的經過，一切變成閒話書情。到了最後，彼此關懷。奇怪的是，那種關懷，在字裏行間，仍是淡淡的，有時若斷若續，很難説清楚，「山色有無中」，正好是他們友情的寫照。

兩個人的個性、神態，盡在書信中呈現。人際關係全自書緣，卻超乎書緣，彼此也有各自的執着，這是讀書界美麗的故事。

書的封面正是：查寧街八十四號，馬克公司的原貌。我忽然記起，電影中，女主角推開已搬空了的書店大門，作第一次也是最後一次凝睇的鏡頭。

一種雲淡風輕、細水長流的友誼，真叫人無限神往。

一九九七年三月十三日

風景不再

老朋友家居倫敦，忽然來一封信，說去過查寧街，為的是看看八十四號。從報上讀到我寫那個書店故事，一番心事，特意走一回。長信中，描繪查寧街今天面貌，也詳細介紹了在街上一家圖書館，當然沒有八十四號書店了。

再讀了鍾芳玲的《書店風景》，更從圖文並茂中，領略了這條「舉世知名的書街」風采，可惜，八十四號的MARKS書店沒有了。不久，又在本報的《書局街》上，讀到高瀚自意大利寄回的《行業革命》，也提及那套耐人尋味的行業故事電影。忽然，好像許多人都繫念着行將或已經逝去的舊書鋪、買書人、售書人的獨特故事。

正如高瀚文中說：「一場行業革命的風聲已經傳開，出版社、書籍成品、推銷員和開店書商之間的主次關係，將受到重新估價。」除了高瀚提及大企業式出版社，以本欺人，逼得中小型出版社走投無路，又收買各類書店，令它們只售暢銷書的危機外，恐怕還因科技發達，使書刊改變形式，租金昂貴，書店無法負擔，存在舊書的地方難覓，顧客日少，書店經營吃力，於是，具有獨特風格的小書店、舊書店就會漸漸消失。從此，書店跟超級市場、連鎖店比比皆是的大商場完全一樣。逛一家與逛十家，沒有分別。售書的人，只搬書上架、按動連着電腦的收銀機，把書背電腦條碼一掃，連書名是甚麼，也不必理會，就撕出貨單收錢。一切獨特個性欠奉，還盼望售書者與素未謀面的讀者，建立半生友誼書誼，真是天方夜譚。

受制於貨源、租金、經濟因素，有心人不是沒有，卻只好咬緊牙關開店，也咬緊牙關「收檔」。做生意已經夠苦，說甚麼個性、情誼？這才叫我們對具個性風格書店念念難忘。風景不再，奈何！

一九九七年五月十三日

書房

二十年前，在日本購得一大攝影冊，內容是作家和書房。作家個個從容風采，書房間間幽雅寬宏，看得我私心羨慕，認為這才是理想讀書人書房正格。

二十世紀七十年代末，中國撥亂反正，門戶稍開，聶華苓去訪剛平反不久的艾青，拍得照片刊在香港刊物上，其中一幀，乃艾青坐在床沿，頭頂上格床書刊淩亂，似快塌下來的樣子，而艾青也面目苦澀，滄桑痕跡，令人一看痛心。

八十年代，我到國內拜訪文化人的機會多了，暗地裏下定決心，也拍攝一輯作家與書房。最初幾年，幾十年積存下來的住屋問題沒有解決，知識分子生活寒傖的多，居住環境不容許有甚麼書房，多少次我只能拍到床上地下滿是書，主角幾乎無地容身的場面。後期，他們漸漸搬到較好的房子去，又發還一些劫後餘生的藏書，才見儲書滿架的照片，但也講不上獨立設計。

參觀過不少名人故居，可見二三十年代也有很講究的書房，印象最深刻的是烏鎮的茅盾故居。書房佔了古老大屋的一進，茅盾親自設計一組紫檀木書櫃，把屋子間隔為二，書櫃中央有一洞門，人可由一邊穿過到另一邊，書櫃正背面都可放書，既實用又美觀。豐子愷的緣緣堂，由於毀於戰火，重建後只見房子原貌，書房很大，卻見不到書櫥及藏書了。

作家書房最吸引人的該是舊有藏書，可惜經過「文化大革命」浩劫，損失慘重，獲發還的多非珍品，問他們書到哪裏去了，他們總淡然搖頭，似有餘憤餘悲，記得一位前輩如此說：「總有識貨之人，就由它去罷！」

書，對歷百劫的人來說，畢竟是身外物，有個安身之所已經夠好，更不能苛求書房了。

說到香港，地狹人稠，愛書人時刻面臨的是書災，能擁有愜意書房的，真是萬中無一。況且，家居佈置，許多人寧願放個酒櫃或古董（？）櫃，也不會放個書櫃。睡房裏多放一兩架書，已經幾回爭取才能獲得的「權利」了。

遇過幾位藏書家，當舊居遷拆，要搬家的時候，都要忍痛割愛，論箱計盒的把書售去，畢竟孩子房比書房重要。

經濟許可的愛書人，也有另買一幢房子藏書的，但這是極少數。一般知識分子，難得擁有像樣的書房。香港人沒有參觀別人房子的習慣，從那些家居雜誌介紹中，視聽娛樂房倒十分講究，卻未見書房設計。印象中，金庸、李翰祥、林真的書房非常豪華。潘銘燊兄未移民加拿大之前，購得工廠大廈作藏書庫，就成為美談，可惜我沒機會參觀。許多教文科的老師，由於書是愈舊愈珍貴，沒有辦法扔書，新書又非買不可，往往弄得書人爭地、能塞一本的空間都塞上一兩本。有些朋友的書房，其實是睡房，自然不好意思去參觀。也有些朋友的書房，沒有多一寸容人之地，書又拚命向高空「發展」，勉強側身探頭進去看看，深恐上面書山傾瀉，隨時會葬身書堆中。也許，還有些很舒雅的書房，只是主人不好張揚，故外人不易發現。

不過，無論怎樣，香港地，書香稀薄，加上許多人對「書」字忌諱，家裏有間「輸房」，真是大吉利是。且看大小家俬公司，都不賣書櫃，偶然有些外國來貨，也單薄得很，證明生意人心中，沒有書櫃的地位，因為這種貨沒有顧客。

書房，早被麻雀房、音響房、娛樂房取代，已變成一個歷史名詞了。

一九九二年五月二十五及二十六日

比較

每隔十年去作比較，我不知道這樣做準確不準確，但看在眼裏，自然就會比較一下，是人之常情。

先說二十年前，日本書店架上，中國學的研究佔了重要而當眼位置。古代現代文學研究成果，都作叢書系列出版。當時正值「文化大革命」，封閉的國土，只向這個東鄰稍稍開放。日本學人與記者在採訪方面，總比別國佔了方便，於是研究中國政治、社會的書刊也特別多，說日本在鬧中國熱，完全是事實。

十年前，大書店裏，李白、杜甫、郭沫若、茅盾的研究，不多見了。八重洲書店中心、丸善、三省堂、紀伊國屋……擺滿的是「滿州事變與太平洋戰爭」的資料書刊。其中專櫃陳列的是日本防衛廳防衛研修所戰史室編印的《大東亞戰史叢書》、芙蓉書房出版的《昭和軍事史叢書》、小學館出版的《昭和之歷史》全十卷、每日新聞社出版的《戰爭文學全集》。一切出版把讀者視點集中到本國史和對東亞侵略「成就」上去。

今年，幾家大書店，除八重洲書店中心還有一小型攤位陳列太平洋戰爭史書刊和錄影帶外，其餘書店架上有關中國的書刊不多見，只稍見旅遊、經濟用書。丸善總店卻有專櫃陳列中國氣功、《易經》、手相、面相研究。燎原書店沒有了，內山書店顧客也不多。似乎一切神秘的追尋，一切好奇的探究，都已過去。

可是，今年，日皇要到中國去了！

日本高官來往中日之間，商人更早已在中國龐大市場坐穩釣魚船。大概二十年光景，日本人已經由「書本」研究中國，到大步踏進實質經濟「進出」中國了。

如此比較，結果是令人心寒！

一九九二年九月十六日

舊書店

大古書市、舊書店、舊書攤！

愛書人一見，就會神魂顛倒。

日本常有古書市。八月中，新宿京王百貨公司開了一個，海報遍貼在神田區，專程去看看，不奢望有甚麼意外收穫——雖然我也曾在日本舊書市上淘過極便宜的中國舊書，但，信是有緣。去逛一逛，聊慰對舊書市單思之苦，戰後日本，哪裏來還有如許多舊書？買賣也頂旺盛，書迷老中青三代，擠在攤前，甚得其樂。

再多再舊，都是日文的，與我何干？神思驀然飛回琉璃廠——不是現在的琉璃廠，是無數文化人筆下的往日琉璃廠、我從沒親身目睹的書市風光。如果這叫做「單思」，那實在太無端，也屬自討苦吃之類。最近，幾位老作家為文懷念舊書店，呼籲中國書業設法恢復舊書店行業。大概，他們苦得大久，思得太切了。

看報知道，九月北京果然舉辦了大規模的舊書展，深信書迷必會流連忘返。但再看資料，原來只是中國書店的回顧展，想來沒有買賣，望梅止渴，很無奈。還有，偌大中國，竟只存三十六家古舊書店，難怪曾逛琉璃廠的老一輩如此渴想了。

書迷相傳耳語，在中國，只要有門路，還是可以買到舊書，價錢當然不便宜。久經人禍天災，能殘存下來的舊書，逃脱熊熊「革命」之火，避過撕碎煮漿的劫運，物罕為貴，也是應該的。書價昂貴，那就非大陸讀書人能輕易沾手的了。據說舊書近年多落在台灣、日本書迷手裏。

香港，早已無逛舊書店之樂，僅存的一兩家，缺乏姿采，逛來逛去，難有驚喜之情。俱往矣！令人神魂顛倒的日子！

一九九二年十月七日

誠品品味

愛書人到台北，鮮有不去「誠品」。說像朝聖一般心情，未免太嚴肅，但那裏有一個讀書人夢想成真的天地，在香港渴得太慘。誠品，進入了，是心靈的釋放，應該是另一種朝聖。

說誠品，應該說到品味問題，是優質文化素養問題，是生意與文化結合問題。

「光復一個有星光的早晨，收藏一片有水滴的樹葉，流連一個初相逢的書店……」這是誠品光復南路店推廣「一日之計在於晨」買書優惠的廣告單張語句，印在銀灰色的方形厚紙上。「冬日溫書」是南京路店的宣傳口號，從星期一到星期天，都讓某些共同點的書友——例如「在南京東路三段工作的朋友」、「雲門舞集的會員朋友」……得到九折優待。拿上手、讀起來，就舒服。南京店開到晚上十二點，在那裏，人人靜靜地看書，未必一定買，但付款處仍要排着長龍，證明文化生意結合得很好。

台北市中心地價，不會比香港市區的便宜，香港生意人的資本，不見得比不上台灣，就只是欠了為高質文化事業做點事的遠見生意人。常聽見小本經營的書店老闆，唉聲嘆氣說「捱貴租、虧得慘」。但又常見書店擠滿人，背靠背地站着看書，證明讀書人口其實不少。誰肯放膽投資，建立一個高品味的氣氛的書店，自然有氣味相投的客人來，甚至說得功利一點，可以形成一種「習慣」、「品味象徵」：讀書人或有優雅品味的人去某某書店。

台北有誠品、北京有風入松、三味書屋，我希望香港也有□□□，一間可以相比的書店，而不是商場式的書城，我們要的是優雅舒適，不要商場式的熱鬧。

「誠品」，這個讀者人的夢，會在香港成真嗎？

一九九七年一月二十一日

書店行腳

說台北書店，單提誠品，只因品味數它最佳，其實還有其他書店，值得流連。從前，一條重慶南路一段，已經可以逛好幾天，但最近，似乎重慶南路書店有點垂暮感覺。反而開在新區鬧市的，規模很大。

何嘉仁書店，南京東路三段店，分三層，比從前在信義路的大，分類也好得多。三民書局開在復興北路的新店，共五層，分類清楚，店面寬敞，我在裏面三個多小時，還未看得全。全店分類更細，四樓半層放中研院、政府出版物。通俗、學術書刊都很充足。兩店都沒有咖啡店，走乏了，沒處休息。金石堂在忠孝東路四段的舊店改裝擴充，還以溫馨音樂會、免費提供花果茶咖啡吸引讀者。又在東豐街開了分店，口號是：新社區書店主義，但金石堂始終商味太重，我沒好感。九歌文學書屋在八德路三段，格局小小，以書店出版社分類，自設一角咖啡室，可是我寧走多幾步，到遼寧街去，多家小店都具個性。

說台北誠品，我覺得不提北京風入松書店和三味書屋，也不公平。寬大店面，風入松真叫人眼前一亮。北大教師出的點子，書刊自然可觀，可是因經濟問題，書架就較粗劣。在收款台側留着空間，作茶座和講論座談之用。我去的時候，大概因開業不久，仍沒有顯出獨有風格。三味書屋就成熟多了，黑木書架，牆上掛作家手跡，書架外圍，還有玻璃平櫃，店中央擺大木桌摺椅供人坐閱書報，老式溫馨充滿全店。樓上茶室，加上每周六晚的現場音樂，自有風華。聽説三聯新店也很大，且準備開咖啡座，希望能去看看。琉璃廠已成遊客區，不堪愛書人駐足，中國書店僅存碩果，也有點零落，難怪老讀者人人概嘆。

一九九七年一月二十二日

席殊

早上三點鐘，誰來買書？

走進一家二十四小時開店的書屋，面對那位年輕劉經理，我想，不只我會問這樣的問題。

有的，有的。凌晨才下班、清早上早班的人，總有買書的需要。讀者需要，我們就提供服務。本來，在初期，只開到晚上八九點，可是，讀者往往留到十點十一點，我們輪班分配很麻煩，就試試二十四小時營業，竟然行得通，很受愛書者歡迎，辦下來，大家都覺得好。

開在非商業區的席殊書屋，不算很大，但在瘦瘦長長的店裏，盡量利用空間排架上書，給人清雅的感覺。經理是個懂書人，所以設了諮詢熱線，向讀者提供書的情報。不必說甚麼九折優惠，是國營書店所無，最特別的是，代寄書刊，每五公斤作一單位，乃是常態，但超過五公斤，則可每公斤算郵費，這做法十分方便，卻不知道他們如何應付郵局規定守則？

台北誠品有一家分店星期六營業到深夜十二點，香港洪葉星期五、六開店到十一點，廣州七星也是開到十一二點，上海席殊竟是二十四小時「敞門迎知己」，難怪《中華讀書報》說它「改寫了中國書店建築史」。

上海連國營書店的服務都大有改善，書的擺放和分類，十分悅目清楚，服務員態度也和氣勤快。古籍書店代客郵寄的服務員，在顧客面前，極迅速的包紮郵包貼上地址，令人安心。

這種種書店變化，幾年前，恐怕是天方夜譚。個體書店的進步，形成良性競爭，歷史也改寫了。從幽暗蒙塵書架，遙距求晚娘面的售書員拿出來看的日子，走到今天，我們終於等得到一個開展的文化局面。當然，我們仍有更多的盼望——二十四小時書局以外，會有更多的自由閱讀空間。

一九九七年六月二十八日

席殊書屋：上海建國西路一五四號

另說書展

人人都說書展空前的熱鬧：幾天就有二十萬人次參觀了，出乎主辦者意料，出乎參展者意料，「香港不是文化沙漠」又一有力證明。

書展成功，愛書人那麼多，關心香港文化發展的人理該欣慰，但我卻有點另眼相看，不能不看出一些另類文化現象來。

一進展場，給人印象是熱鬧——工展會式生意買賣的熱鬧。特別有一兩家漫畫出版社，門面大，包裝新：一家請來許多身材高佻，短裙長髮，樣貌娟好的女推銷員，熱烈向參觀者軟語推介各種珍藏本。最初，我還以為在推銷香煙或啤酒。一家日曆出版社員工落力喊話，並送出大張年曆，吸引得大批人來「搶」。有些書店更熱情地在攤前「拉客」——一切七彩繽紛，當然還該提及的是作家坐鎮和讀者的熱情了。反觀有幾家頗具規模也有聲譽的出版社，包括外國參展商，就顯得過份嚴肅，與整個會場氣氛不協調，靜靜坐着的推介員用莫名的神態對着熙熙攘攘的人流。

書展商業化，究竟好不好？真是一言難盡。

為求提高閱讀興趣，必須先從普及化入手，普及化又必須從大眾口味起步。大眾生活於商業化社會裏，習慣了接受商品推銷的方式，也只有這種訊息才可以打動他們的心弦。已經習於逛書店，買精緻書的人，大概沒法在這展場裏獲得滿足。但平日不太踏足書店的人，居然肯來，進得會場，自覺耳目一新，大包小包買回去，說不定以後也學曉了逛逛書店，養成「我平日嗜好是看書」的「信仰」。那麼，書展商業化，沒有甚麼不好。但商業化容易流於庸俗，助長了劣品的威勢，又不能不叫人擔心。

人人買書看書，是一種文化趨勢，而此種趨勢，相當多是由生意人帶動——我們只得承認商人的推動力，往往把我們推入他們預設的銷售計劃裏，如果是良性的，竟可能比正統教育有效得多，例如父親節、母親節。養成閱讀習慣也可作如是觀。

看書，為消閒、為娛樂，完全合理，但當然更希望讀者能從書中得啟發，及提升人生層次。庸俗劣品，叫人不放心，就是它的負面作用，這正是有些人對流行的袋袋書憂心忡忡的緣故。生意人着眼點只在賺錢，銷售量才是他們關心的，請來美女推銷連環圖，是生意手法，而主辦者又樂見場面如此鬧哄哄，社會人士遂以書展成功為慰，真是一舉「三得」。但有心人就會擔心：這種「成功」害多利少，使嚴肅作品在眩目的商品前黯然失色，生意人得到明確指標，今後要賺錢就該怎樣辦。也使一般水平的讀者深信自己的選擇正確。這樣的書展，愈成功，誤導成份愈強。

也許，有人會認為以上所說，既是杞人又帶偏見，因為整個展場還有不少嚴肅書冊大受歡迎。其實，從會場氣氛，我們充份感受着商業化的威力，嚴肅書冊，也必須藉助這種威力，才可如此風光。假如樂觀地看，這也屬於良性商業行動。在商業為重的社會裏，連書展也商業化，是一種文化現象，或許很難評定為好或不好。但那種過份渲染的生意色彩，畢竟令人覺得：精緻文化托庇於斯，暫借得一枝之棲罷了。

辦了那麼成功的書展，你還嫌三嫌四，分明不辨好歹，你究竟想怎樣？

不想怎樣，我也明白辦了總比沒辦好，只是，盼明年再見，多一點幽雅書香，少一點庸脂俗粉，品味提高，生意還可照做。

一九九〇年八月二及三日

黑馬奔騰

讀過沉沉實實、講求梳理文獻資料的系列後，我不能不對「草原部落」的黑馬文叢另眼相看。

一位遠在呼和浩特、自稱酋長的編輯——賀雄飛，竟然突然縱出一群黑馬，一群九十年代的青年人，余杰、摩羅等，簡直橫衝直撞，在平靜文壇，翻起滾滾沙塵。

一系列書中，我只看了余杰的《火與冰》、摩羅的《恥辱者手記》，已經感到錢理群所言中的。他為摩羅寫的序〈「精神界戰士」譜系的自覺承續〉，說：「特別是年輕人，在經歷了大絕望以後，又在進行新的思考，新的追求，新的探索，或者說，他們正在『從頭開始』。」他們讀書多，想索得多，是「醒着的」。再加上人還年輕，於名於位，一無所有，故有所恃而無所畏，既可罵人，也可自我拷問。不妥協、要反抗、要建立自身思想體系的青年，每一世代都有，毫不為奇。但在批評空間極受限制，出版要過重重關卡的環境中，他們有話要說，也只能寫好放進抽屜裏，所以才出現所謂「抽屜文學」。余杰的作品，據說出版前，曾以手抄本形式，在首都九所名牌大學中悄悄流傳。如今竟有空間，正式面世，應該是一大進步。

不過，在自由發言慣了的地方，看他們罵的，還是甚有分寸。他們懂得罵誰最安全：巴金、錢鍾書、楊朔，罵當代中國文學的冷硬與荒寒。罵散文界規矩太多……一切十分

「安全」，這大概是經過苦難，學乖了的結果。希望他們從五四以來的前輩學習，在爭得來的空間中，昂首向前之際，不只踐踏弱草。

一九九九年六月二十三日

中學語文坑死人

說草原部落的黑馬，罵得有分寸、懂得罵誰最安全，希望他們不只踐踏弱草，並非我不明白他們的困難，只是有感而發罷了。我認為有分寸的文章，竟然要以手抄本形式流傳，幾經設法才可出版，其難可知。最近聽說廣東黑馬林賢治一篇五四紀念文章，就闖了禍，連累《北京文學》五月號被抽查。可想有些禁區絕不能闖，我們離山隔海說風涼話容易，人家風風火火裏謀生艱難。

一群黑馬的方向也很明確，就是從被遺忘的史料中，尋找可作今天參照的典範，讓人們鑑古知今，其實也就是用另一個形式改寫文學史——不再明喊口號，逐層逐段來移形換影，是學乖了。

另外，他們也針對「時弊」——文化教育不合理的套格所引起的毛病，例如孔慶東、摩羅、余杰合編的《審視中學語文教育》，就很有意思。且先看副題：「語文，我為你流淚，語文教育：世紀末的尴尬」，標題：「以學生為敵中學語文坑死人」，夠不留情面了吧？內頁首揭竟是一段《毛主席論教育革命》：「……這是一種考八股文的方法，我不贊成，要完全改變。」夠諷刺了吧？內容收入許多教育工作者的經驗之談，冷靜分析、身受其害者的肺腑之言，其中作為代序的《語文教育的弊端及其清後的教育理念——訪錢理群教授》，可作全書精神的揭示。

我一直以為內地的語文教育十分成功——這不是單憑感覺，而是大陸來的學生的一般表現，給語文教師的印象。可是，看到這書所收文章，才知道問題不那麼簡單。有心人對課本所選範文、對文章的荒謬強解、對壓抑學生靈活思維等等錯誤，都顯示了切膚之痛，同時，呈現了語文教育的重重危機。

看別人，想自己，香港甚麼時候才會出版這樣的一本書呢？

一九九九年六月二十四日

賸有圖書架未虛

幾十年逛書店已成生活重要部份，逛則必買書也成擺脱不了的習慣。所有書癡都如此。所有書癡必也面臨兩個困擾。一是藏書無地。香港居住環境，人藏身不易，書更不必說。有人連廚房廁所也堆書滿地。經濟能力許可，有人買個貨倉棲書。我常對藏書家的太太說：妳真偉大，容忍那些書，有位太太夠幽默說：「我寧忍他滿屋藏書，遠比他金屋藏嬌好。」書災，已是老話題。另一是買書快讀書慢，恐怕無人不遇上「咁多書，你讀過晒？」的質疑。果然有些人坦承買了沒讀，但真愛書者，買書後必翻過目錄、序言、後記，或文題感興趣的，如果專題藏書者，更必讀全書。我買過一些舊書，前手讀者在書中用筆眉批旁注，蠅頭細字寫得分明，有些更夾帶有關剪報，充份表現讀書精細心思，每逢此情，我對該書多添幾分敬意。

我也見過許多愛書人，節衣縮食，甚至典賣別的家當都為買心頭所愛書。其實這已成癖，與別人買飾物、名牌衣服成癖沒有分別。黃俊東兄曾說：「人生總要保留一點自己喜愛的惡習，買書便是其中之一。」他引用馮虛庵的遺懷絕句：「年年衣食無長物，賸有圖書架未虛，或到坊間成偶遇，墨緣修得置窮居。」作為自己寫照。

我退休後把大部份藏書捐了給中文大學圖書館，總以為今後可一改「惡習」，卻原來，癖性難戒，路經書店，吸力一扯，真是身不由己就進去了。十年過去，又是贕有圖書架未虛。也好，趁視力還在，有書為伴。

二〇一三年三月二日

甜夢

兩年前，姜德明先生託人帶他的《書攤夢尋》給我，可是我卻要在今天才收到，因為受託者竟然忘記得一乾二淨，把書放進自己書櫥裏，一放兩年，最近「執書」，才發現了，送回我手。

姜先生的書話，是我最愛看的。此書一九九六年出版，只印五千本，在香港書店沒見過，要買一定不容易，所以很珍貴，幸而終到我手，總算有緣。

近年書話出版很多，從古到今，看得人目不暇給。書話中多會提及逛書攤、淘舊書的樂趣與驚喜，真是書癡千古不移的同好。但舊書攤，似已被「新」時代遺忘了。這足令書癡心中有結。姜先生書序有一段話，正可作代言，他說：「現在幾乎找不到真正的舊書攤了。可是我在夢中依然去巡遊。常常在叢殘中發現絕版的珍本，醒來卻是一場空，不禁頓生寂寞。」這話是一九九六年說的，其實北京的海王村中國書店還有舊書，只可惜多已變成奇貨，在拍賣場中高貴得令真正愛書人卻步了。偶爾在一些鬼市地攤、文廟周日市，還會有點舊書刊，但已非往日面貌，也欠逛冷攤的風雅，難怪老一輩書癡徒嘆尋夢艱難。

在香港，就更連夢也難做一個了。六七十年代，還勉勉強強有幾間舊書店可逛逛，現在一間半間，已成求書若渴的書癡珍之重之的「天堂」，淘得一本好書，真是難逢的奇遇。

有一天，跟陳萬雄兄聊天，說到退休後不如合夥開間舊書店，自娛也娛人，愈說愈興奮，好像真的一般。這個夢，想想也很甜，只是要夢境成真，也實在不容易。最近在一個文化人聚會中，陳兄又再提起，才知道：我們原來仍舊不忘這個夢。

舊書店，應是愛書人的一個永恆甜夢。

一九九九年七月二十三日

心靈歸路

去了一趟石門灣

我躲起來，超越時空，躲進一個熟悉而陌生的溫馨園地裏。輕輕地翻開《豐子愷鄉土漫畫》，慢慢地品味着那純真筆觸、十分鄉土的文字。

豐子愷的家鄉，為紀念豐先生誕生一百周年，一群熱愛他的人，集合起來，做了一件事——選一百幅豐先生早年創作，以家鄉風土人情為題材的漫畫，由豐先生的親人、鄉里、讀者，為每幅漫畫配寫一段說明文字，由李力主編，在石門灣出版了。

一百幅畫，都很熟悉，讀過不知道多少遍，但今回再讀，卻多了親切而溫馨的感覺。為了那些文字，為了那些文字背後的生活記憶。

大部份文章，短短的百來二百字，都是親人鄉里手筆。寫親人——圖畫中人物，寫風俗——圖畫中地緣，寫時勢——圖畫中的歷史紀錄，都自有一番親切滋味。文字不是出自甚麼名家，正因如此，就顯得真切純樸。不矯飾的文字，老老實實，有時偶然憶苦，也不過「閒話家常」的想當年，不重不輕，石門灣人，幾十年前生活，歷歷在目了。

豐先生筆底的鄉里親人，文字也為我們一一做了補述。於是：三娘娘、五娘娘，李大媽……忽然有了突顯個性。許多無名的農工百姓，也配上豐富背景。當然，更少不了豐家兄弟姊妹童年的小小故事。

石門的鄉土風俗，外邊人如何寫得來？只有石門人，才能告訴我們：南畝離家較遠，老母與孩子，得天天送飯送茶水到田頭。插在出賣小孩頭上的小柴枝，是個賣小孩的記號，叫做「柴咯咯」。在大運河畔，縴夫倒行拉縴的原因。

超越時空，我到了江南——石門灣。

一九九六年十一月十三日

鄉土的書

年輕時，寫了《豐子愷漫畫選繹》。選取豐先生漫畫，配上文字，說些自己的心意，其實，自我作故的成份多。

看了畫，另作解讀，也是一種寫法，但有時不免遠離豐先生的畫作原意。有些圖畫，本來很喜歡，可是，實在不明白背景，就無法配字，只好不選了。

現在看到《豐子愷鄉土漫畫》，真有點恍然大悟的感覺。例如：《我家之冬》，我一直懷疑圖中的火盆很不中國化，從豐陳寶的記載中，就得到答案，原來那是在上海日租界買來的日式炭爐——一隻藍黑色細花紋的陶瓷缸，缸上放一圓形鐵架，架上一壺水。我以為他們會在爐火上煨甘薯，原來他是在烤芋頭。

我不知道「三娘娘」手中舉起的是甚麼東西，原來是拉棉線，拉好就可織成棉綢，而緣緣堂所在地就叫「棉紗弄」，正因弄裏婦女常拉棉線而得名。「好花時節不閒身」一畫，原來是豐先生為了生計、為了應付報刊催稿，錯過了西湖的姹紫嫣紅，有所感而作。「施粥」原來是一九三四年夏大旱，石門富商撥出大米，用一口大鐵鍋燒粥賑濟饑民的真實紀錄。

這冊書，同樣是一畫一文，卻十分純樸實在。文字不花巧，老老實實寫，鄉土得很，這種鄉土味文字，配鄉土味漫畫，讀來令人十分舒服。

很可惜，這本書只印了三千本，編與印都在桐鄉完成，是豐子愷紀念館出版的，自然不會外銷了，不到緣緣堂的人，恐怕不易買到。

為甚麼不讓一家書店，用最粗麻紙印刷，封面也用土紙，配豐一吟以逼肖豐先生字體題簽，重新出版？讓鄉土味、人間味廣泛流傳？

一九九六年十一月十四日

晴雨清齋坐臥看——陳星《豐子愷新傳》序

寫人物傳記，有易寫的有不易寫的。一生起伏大、情節緊湊的人，寫來較易吸引。生活平淡、情操精緻的人，下筆就難。是淡抹還是濃妝？是工筆還是寫意？處處都要審慎，才可既存其真，又傳其神。

豐子愷先生屬於不易寫的一類。他的生活平淡，感情卻精緻，而一生交往和愛惡都已自寫成文。寫傳的人，除了熟習文字資料，多採旁證外，還必須多所探索，深入人物內心世界，才能突顯傳主個性，方留給讀者深刻印象。

陳星先生寫《豐子愷新傳》，既能掌握翔實資料，又對豐先生的內心世界加以推敲，就使人物立體起來，正好帶領讀者進入一個多角度的閱讀方位。

我算是個熟讀豐先生文章的人，但卻沒有寫傳的意圖，讀了陳星先生的文章，忽然想起豐先生寫〈讀《西湖古今談》原稿〉中的一段文字，現抄出如下：

「湖上勝跡，大都遊過，然不善考據，懶於探索，到處徘徊徜徉，不詳其史跡。……今讀先生之著，始恍然於各地之典故。今後重遊，當更增懷古之情矣。沈先生考據精評，文章暢茂，使人樂於閱讀。此書誠為最良之西湖導遊者。」

文中寫的是沈風人著的《西湖古今談》，如今我把「西湖」改為「豐子愷」，把沈先生改為陳先生，則感覺相去不遠矣。

豐先生風貌神采，正似西湖。如無最良導遊，粗心人就只是匆匆一瞥，錯失機緣了。

一九九六年五月二十八日

從一幅畫說起

在翰墨軒主人許禮平先生手中看到豐子愷先生一幅少見的畫，題為《石火光中寄此身》。畫的是一人蹲在大石上，舉椎向鏨，鏨尖正擊得大石火花四射。人物表情僵木，整幅畫的線條挺硬，有力而粗，呈現着畫家下筆時心境的不安，這是少見的畫風。

我呆對此畫良久，無語低頭。

豐先生一向心境平和溫厚，以溫情參看人間世相，偶然慨嘆也不過淡淡。清風朗月、杯酒便可澆去人世煩憂。豐先生三十歲過後，雖會對人生之「漸」，無限低迴，但仍是淡然處之，何故作此畫的時候，會有如此徬徨之情？石火光中，一瞬萬變，還掌握不了，此身便過。是何等無奈，何等惋嘆？

此畫並無作畫日期，但從題款為「靄民先生雅正」，可推斷該作於一九四九年四月在往港期間，繪贈給香港《星島日報》社長林靄民（1900–1960）的。那是一個變動的年頭，也許豐先生心裏難免對當時情勢，有點惴惴不安，不過，很快他就回到上海去，迎接新的時代來臨。往後的日子他怎樣度過，心境變化如何，曾與他同憂同苦過的人已有許多記述了，在這裏不必細表，反正我也不知道。

只是，石火光中寄此身，這七個字，真道盡了人世的無奈。溫厚如豐先生，到了某一處境，竟也無法擺脫浮生若寄的感嘆。這一幅畫，想是他內心真實的描繪。

生逢亂世，如寄此身，怎樣才可以保持心境安寧平靜？緣緣堂，日月樓，都是他為自己準備寄身之所，但到頭來，還躲不過電光火石的衝擊。一字曰寄，如果看得透，還可以含蘊着所執的樂觀。隨便走走，自可在石火中閃身而過。我不禁設想豐先生在日月樓中，日月長的日子怎樣過。是不是拈杯小酌，便澆去胸中塊壘？

轉瞬豐先生去世二十三年，一九九八年十一月就是他誕生一百周年紀念，敬愛豐先生的人，都願意做一些事，讓人記住豐先生對人生的無盡溫情。但我卻在此之外，因他一幅少見的畫，竟記住他曾有「石火光中寄此身」的感嘆，也許想過了頭了。也罷，一向年光有限身，百年原是一瞬，他曾細意憐取眼前人，為我們留下一幅幅對人世的叮嚀，我們就貼心細讀吧。

一九九八年十一月六日

仍說老漫畫

山東畫報出版社的老漫畫第一輯裏，還有九本值得收藏的好書，在此忍不住一一介紹。

陳星、朱曉江編著《幾人相憶在江樓——豐子愷的抒情漫畫》：這書是一頁畫一頁文字的編排，有些畫作很常見，但也有很多極少見到的，十分珍貴。文字則部份是說明作品內容，部份是編者抒發已見或個人感情，可視作導賞。

張光宇《民間情歌》：一九三五年出版，所選山歌均屬描繪男女私情。畫家用獨特筆觸、大膽構圖配作。此冊可證三十年代的漫畫視野之宏大和畫風之多元。（同作者的另一本作品《西遊漫記》東岸書店沒購入，十分可惜，因此冊是張光宇代表作。）

胡考《今人物志》：三十年代創作。此冊包括二十七幅今人物志，三十二幅上海小姐，反映了三十年代上海社會眾生相。一畫一文，畫風近似張光宇，文字諷刺，不留情面，也有助理解當日世情。

胡考畫曹聚仁文《西廂記》、胡考繪編《西施》：二書均三十年代的創作。西廂畫作，魯迅嫌它「因用器械，所以往往也顯着不自由。」但我卻覺得用繪圖尺畫成的人物，很有趣，比西施的粗線條，悅目得多。

高龍生《阿斗畫傳》：這是連載於一九三五年的《十日雜誌》。多是六格一組連環畫，也有單幅。所創人物有點像老夫子，但更醜陋，內容極針對時弊，不知道當日時事，今天讀來可能不易理解。

陸志庠《志庠素描集》：嚴格來說，此冊不是漫畫，而是單幅描繪，作者把社會貧富百態盡收筆下。每畫有一句文字說明，不知道是否因時空阻隔，有許多看不明白。

奥納夫．古爾布蘭生作、吳朗西譯、豐子愷書《童年與故鄉》：這是一九五一年，由豐子愷把中譯書寫在原畫旁，代替了原作原文，很特別的一種合作形式。

還有一本沒購得。黃堯《牛鼻子》，也是四十年代著名作品，此冊我從前看過，不喜歡牛鼻子的造型，但為集齊全輯，不應漏去任何一本。希望不久可補齊。

此輯出版，有一功臣不可不記，乃是魏紹昌先生。他系統地大小不遺蒐集了三四十年代漫畫作品，才讓我們今天大開眼界，真功德無量。

一九九九年三月十八日

花花朵朵

現代文學，在二十世紀四十年代以後，「損失」了一位優秀作家——沈從文，歷史文物研究界，卻獲得一位極其細心的專家——沈從文，真不知道是不是天意安排？作為沈從文的讀者，也不知道是憂還是喜。

由創作人轉業成文物考據者，個中滋味應該一言難盡。要追問這一轉變的理由，就更叫人不安和不快，如今且莫說了。

沈從文細心，從他修改自己的文稿處早就知道。但研究歷史文物，畢竟是硬功夫，博覽群書之外，記憶力和領悟力缺一不可。最重要的是沈從文本來是個文學家，寫起考據報告，絕不乾不硬，不像其他專業出身的考古家，筆下專門用語，把門外漢一一拒於「文」外。

讀《花花朵朵壇壇罐罐——沈從文文物與藝術研究文集》，才曉得二十世紀六十年代中葉前，沈從文已經寫了許多很好讀、很有趣的文物考據小品，有點相見恨晚的感覺。

教中學國文和歷史課時，常常埋怨備課時找不到令學生感興趣又難忘的「小配件」——正文正史過硬，必須有些較軟性的資料相配，才使授課軟硬適中。當年，我總努力看各朝筆記小說、看國畫、看歷史博物館的實物，以便授課舉例之用。如果早看到沈從文寫的文物考據文章，一定省卻許多氣力。

例如「床」這個詞，我教《虯髯客傳》時，就遇上麻煩，文中說虯髯客在客店中，在床上取枕踦臥看張梳頭，陌生人怎可如此？一時無法向學生說清楚。現在看了沈從文的考據，才把二十多年前心頭結打開，原來漢床晉床宋床有那麼不同。

我不知道現在的中學老師如何備課，也不知道他們會不會在百忙中，抽空看看這本有如花朵的好書？

一九九四年十一月十一日

讀《從文家書》

讀《從文家書》，除了以前讀過的《湘行書簡》外，最值得注意的是一九四九年以後的書信。

一九四九年的《囈語狂言》，令人心痛，甚麼人、甚麼力量會令一個本來理智而敏感的人變成病態狂人？短短幾行文字，刻畫了文人悲劇，也描繪了時代壓力。在時代巨變中，沈從文陷於「完全在孤立中，孤立而絕望，我本不具生存的幻望，我應當那麼休息了」的絕境。至於他怎樣「應當迎接現實，從群的向前中而上前。……我樂意學一學群，明白群在如何變，如何改造自己……我在學做人，從在生長中的社會人群學習……」那一定要經過要相當艱苦的掙扎，和他信賴和愛的人的幫助。

從二十世紀三十年代的沈從文變成五十、六十年代的沈從文，從作家變成文物研究者，個中情節不足為書信所反映，但五十年代的《川行書簡》、《南行通信》，倒仍看見作家三十年代的影子。

三十多封給妻子信中，有三個特點。首先，沈從文果然是個屬於河川的人，對水、對船的敏感，到了哪裏，只要遇上河川，他就忍不住描上好幾段，而且一定寫得好。白描式寫景物寫農民，也真的沒話說，親切而真實，毫不賣弄造作，這才是真功夫。第二是對文學創作的體會至深，沒有任何艱深理論，卻字字是深愛文學創作者掏出心肝來說的話。且看他談

《史記》，分明在說自己的寫作經驗。第三是京派情意結，並未因新時代的到來而消解。寫上海仍筆鋒尖銳，甚至不留餘地。奇怪的是事隔四十年的今天，讀到他在一九五七年寫的上海人和都市面貌，倒仍不失「真切」感。

書信只選到一九六一年。往後的日子，沈從文怎樣由事事敏感和喜批評的人，變成沉潛於無聲古文物堆中的學者，恐怕要等另一本日記或書信來呈現了。

一九九六年七月十日

細讀

在《八方》第十輯裏，看到沈從文先生評改《邊城》電影文學劇本，深深感動。前輩光華風範，就在那一評一改中表露無遺。我們有幸，在無奈的停筆幾十年後，在他離開世界之前，沈老為我們留下這一評改，讓我們明白，創作，該是如何用情的一件事，該是如何認真的一件事。

這一評改，充滿了一種纏綿的鄉土之情，也體現了作家對待中國文字的一絲不苟態度。我想：只要細心研讀，無論是文學愛好者、地理愛好者、民俗愛好者、語文教師……都必有所得。看了這評改，才知道更多的湘西風貌，更多《邊城》的細節，也更了解作家的觀察力和心思。最重要的，我們感受到一個中國人對鄉土依戀的情懷。故鄉的一草一木、風聲雨影、人歌犬吠，六十年來還在作家的心底保留得清清楚楚。我們真該慶幸，中國現代文學，有這麼好的作家。

從《沈從文致王渝書》裏，沈老談到作家的培養，說：「總是得從工作實踐中，去作十年八年的辛苦探索，甚至於得從成功和失敗兩方面討經驗，才能逐漸使工作穩固。應當在各種天然風晴雨雪生活裏去明白人、理解事，並從千百種不同作品中得到啟發，也從自己千百次實習中明白得失，出過大量成熟作品後，才會得到真正扎實有用的經驗。也有人出過十本八本書後，還是不會有結果，終於受淘汰的。」我認為這段路，不只作家，就是一般人，也值得深思，看看能否從中得到啟發。

中國曾經有過像沈從文那麼好的作家，可是，中國人又冷待了他幾十年，我真不知道將來文學史家該如何向中國人交代？沈老逝去，卻會長存，人為的乖誤，無法掩蓋優秀作家的光華。

細讀評改，作為我對沈老的致敬！

一九八八年十一月四日

再說評改

改編《邊城》為電影劇本的姚雲、李雋培真有幸，難得遇上一位細心在意的好老師——沈從文先生為他們逐句評改。只要好好琢磨，這一評一改，就包含了無限學問絕技，容許誇張點說，創作高手真傳秘笈，也就是如此了。

評改可分成三部份，一是作家對生活層面的常識，例如劇本寫「虎耳草在晨風裏擺着」，作家就評：「不宜這麼說。虎耳草緊貼石隙間和苔蘚一道生長，不管甚麼大風也不會動的。」劇本許多處說到狗，大概編劇者有點想當然，總不忘加上幾聲汪汪地吠叫，可是作家就很小心指出，沒人走過狗不會叫，鄉下的狗離開了家就十分老實。編劇寫端午節下着毛毛雨，作家評說「端午節不會下毛毛雨，落毛毛雨一般是三月裏。」編劇寫人物手中火把將影子長長投在大石上，作家評說：「這似不必要，因為本人手中的火把不可能把本人影子拉得多長。」還有許多細節描寫不合鄉間實情的，作家都一一給他修正了，這就是真真切切的生活體驗和觀察，不管編劇的文字寫得多美，卻不是湘西風貌，騙騙外頭人還可以，在湘西人眼中，就不是那一回事。

另一評改部份是形容詞的準確性和運用詞句與全文格調是否配合。例如劇本寫「燈光爬上二老滿是雨水慘白的臉」。作家評：「形容詞缺少應有的準確性，就給人不真實感。」劇本寫：「後影看去，苗條得像一根筍子」。作家改「長得像一根抽條的春筍」，評「應避這麼無效果的形容」。劇本寫「依然沒有翠翠的倩影」。作家評改：「改影子」，評：「俗氣了」。劇本寫天保大老見了翠翠，「有點神魂顛倒」。作家評「添上去不倫不類」。掌握文字要準確，許多描寫看似信手拈來，但作家實在下了功夫，把心中要寫的形象，準確傳遞給讀者。「倩影」和「影子」表面看來沒多大分別，但放在山純水樸的《邊城》裏，「倩影」就是俗了。而大老眼神顯出「神魂顛倒」，就太像浪子，真的不倫不類。

評改第三部份，文字修辭的正確要求。這一部份，作家只是改了，卻沒有說明改的原因，大概認為那是寫作人應有的常識，不必一一細說。我相信他那麼一改，也不是一般人知道原因的。中文老師改了學生病句，說出理由，還是需要的，我不妨試解一下。劇本寫「船正載着十數位搭客過河」。「十數位」改為「十幾個」。「十數」不是口語，而「位」多少含敬意，一般量詞，用「個」才合理。常常在廣播中聽見廣播員自言：「今日兩位主持人係……」自稱為「位」，錯誤更大。劇本寫老船夫悲涼地說：「日頭落下去了，我也太老了。」「太」字改為「夠」字，這「太」字，自己用上，有斥責意，但「夠老」，就飽含了感慨，寫出了老船夫對落日思年光的惆悵，劇本寫「翠翠和瞌伏在她腳下的黃狗」。「瞌伏」改「依貼」，「腳下」改「身邊」。「磕伏」是個生造詞，而且失去「狗依主人」這種情感，而「狗在腳下」是不合實情，除非翠翠「踏着」黃狗。寫對話，最重要是合人物身份、性情，不能犯上如老舍指責的「不是人話」的毛病。劇本寫儺送說：「爹，你莫問了……我求你，你莫問了。」改成：「爹，你不要問了……我求你，我就是不要。」「莫問」是書面語，不合僱送的身份，而加上最後一句，足反映他的堅拒態度。

作家這樣細意斟酌運詞用字，現在許多人看來，可能覺得吹毛求疵，讀者粗心讀來，也不會發現「腳下」有甚麼不妥，但正因作家這樣嚴格要求，我們才了解文字是可以如此準確的。而沈從文能成為偉大作家、令合格讀者念念不忘的作家，原因也就在他的修養。許多評論家正擔心年輕一代的作家，在生活體驗上雖然足夠，但文字修養愈來愈貧乏，這樣發展下去，中國文字的精煉細緻特色，就會逐漸在他們筆下消失，再下一代讀者對文字的敏感，也無從鍛煉了。我想，這種危機已經來臨，真不知道該怎樣做才好。

一九八八年十一月十七及十八日

寫在書邊上

剛讀完刊在《八方》上沈從文先生評改的《邊城》電影劇本，就收到姜德明先生寄贈《燕城雜記》，裏面有一篇文章：〈寫在「邊城」的書邊上〉，使我很感興趣。原來，在十多年前，姜先生在北京琉璃廠的舊書鋪裏，買到一本在書邊上寫滿注釋文字的《邊城》，考查之後，證明是沈從文的親筆。

姜先生抄下一些寫在書邊上的文字，我想看到姜先生的書的人不會多，而這些片段又更能反映沈老對《邊城》的真實感情，因此轉抄幾段：

在自注本最後一頁：

「一個人記得事情太多真不幸。知道事情太多也不幸。體會到太多事情也不幸。一九三六年三月二十一日校注此書完事。從文」

「一九三六年三月七號看過這書後半部，無聊。我應當寫得還好一些。」

「一九三六年三月十五日早上看過一遍，心中很淒涼。三月十六日改正六處。」「三月二十一日看此書一遍。覺得很難受，真像自己在那裏守靈。人事就是這樣子。自己造囚籠，關着自己，自己也做上帝，自己來崇拜。生存真是一種可憐的事情。」

一個作家對自己的作品，看了一遍又一遍，又那麼感動自己，這故事就是我們今天看到的《邊城》。但我仍有點不明白，沈從文當年所說「無聊」是指甚麼，而「淒涼」又是為了書中的翠翠呢還是整部小說？

另外，原來書邊上，也有許多與電影劇本評改部份相似的注釋，例如：「好醬油」，作者自注：「醬油出湘潭、長沙，故湘西人多托下行人帶醬油送禮，如別地方送酒一樣。」「請保山來提親。」作者自注：「媒人。」由這些書邊上的字，總可理解沈老不是晚年面對電影劇本才如此認真評改，而是在早年，他對自己的要求也一樣的嚴謹。同時，也證明了他對鳳凰縣的臨水小地方的情意，是幾十年不變的。

一九八八年十二月十三日

下筆謹慎

跟一些做過公開徵文評判的朋友談起，大家都有共同的意見，就是大部份作者的文字太粗疏，送來的稿件，很容易看得出是「一揮而就」的東西。這「一揮而就」並不表示作者才氣橫溢，而是執筆時想到就寫，寫好就寄，連重看一遍，稍加修改或看看有沒有錯別字的耐心也沒有。有些文章，很具新意，相信作者潛質不差，但一看文筆，就不禁叫人皺眉。

好幾次，選定了冠軍作品，仍因文中病句太多，刊登出來，惹人笑話，只好請評判在評語中特別指出，或者取消冠軍，改為雙亞軍，以示作品還不到冠軍水準。遇到這種情形，我們都感到十分可惜。

文筆粗疏的病因很多，除了駕馭語文基本功夫沒做好外，恐怕最重要的是不懂或不肯修改。我們看名作家筆下的名篇好句，都該明白「得來不易」。它們可能經過無數錘煉，多少次修改，才出現在我們眼前。最近讀到朱泳燚著的《葉聖陶的語言修改藝術》，從作者的仔細研究對照，我們看見前輩作家對用字遣詞的嚴謹態度——修改過程中，連一個「了」字「的」字也不放過。有些人會認為整篇文章，只要說得條理分明，多一字少一字，沒有相干，用詞更不必小心推敲，但且看一個早已成名的作家，對自己幾十年前的舊作，還嚴格地逐字逐句修改，就了解用字適當的重要性。

說起來，《葉聖陶的語言修改藝術》這本書真值得國文科教師和講究文筆的作者參考。書裏依葉氏修改情況分類，又把原句和改句列出，再稍作理論分析。看這書，我給自己一個「測驗」：看了原句，先想想有甚麼要改的地方，然後再看改句，這一下就知道自己的功力差多少了。讀完這書，不由得不佩服前輩的下筆謹慎精神。

一九八三年六月十二日

改筆研究

那麼用心血寫成的好書，只印一千三百本，這是甚麼道理？全國有多少間中學？有多少個中文教師？如何分配？居然還運到香港來銷售，中國本土能賣幾本？

我喜歡看作家手稿，看他們對一字一詞的斟酌，細味人家的推敲苦心，學習寫作的認真態度，才明白「看來字字皆是血，十年辛苦不尋常」的藝術創造艱辛。大家如魯迅、葉聖陶，一兩個字的改動與否。絕不會影響他們的地位，編輯們也不會因此不用他們的稿。過不了自己的關，藝術家力求完善，功夫就在一修一改中。我們作為讀者，怎好平白錯過？

年代久遠，作品出版過程中，改動可能極大，有些為了藝術，有些為了政治，有些遇到凡稿必改的權威，有些遭逢不明不白的刪改，我們讀到的作品，往往與原來面目有異，個中好壞，要分析起來，就得尋根究柢，才能比較。中學教師已經夠忙，怎能抽空做如此深入、又花時間的研究？學創作或想深化閱讀的人，一時間也不容易找到材料，一本《中學語文名篇改筆叢談》卻為我們準備了一切。

編著者認真比較了作品手稿、初刊、初版本、各種版本的不同，再加上個人備課時理解的心得，為讀者陳列了改動的種種因由。讀者看了不同版本，理解可能與編著不盡相同，但單看他為我們所找到的資料，已經足夠自己學習之用了。

編著者在書中引用了魯迅《不應該那麼寫》中的一段話：「應該怎麼寫，必須從大作家們的完成了的作品去領會。那麼，不應該那麼寫這一面，恐怕最好是從那同一作品的未定稿本去學習了。」這本書存在的價值，也在此了。

一九九四年一月十七日

談書評

在一九八七年第三期的《讀書》裏，郭宏安的一篇文章：〈電視：文學批評的新媒介——訪法國文學批評家貝爾納．比沃〉，很值得提出來談談。文章講述作者旁聽了一次由貝爾納．比沃主持的電視節目：「新書對話」，看主持人怎樣介紹新書，怎樣對接受邀請來參加的作家的質詢。那些作家都是激進和善辯的，作者說：「這樣一個強大的、危機四伏的陣容，對貝爾納．比沃來說，無疑是一次嚴峻的考驗。」節目完畢後，作者訪問了貝爾納，這個記者出身的文學批評家這樣說：「說到文學批評，法國目前有兩種，一種是大學教授的批評，一種是新聞記者的批評。前者是一些專門的研究，出版的書往往印數很少……因此廣大公眾無緣接觸。……我對那種把一根頭髮分成四瓣的批評不感興趣。新聞記者的批評則是面向廣大讀者的，是一種情緒批評。」

一根頭髮分成四瓣，真是很有趣，雖然有點刻薄，但仍不失恰當的比喻。學院派板起面孔，高深莫測又充滿專有名詞的文學批評，自有它存在的價值。世間自然需要專家把一根頭髮分成四瓣來深入研究，然後找出柔潤如絲、烏黑如墨的秀髮構成因素和保養妙方。但對一般人來說，這類研究，並無意義，只要專家能告訴他們，到哪裏，可以看見一頭秀髮，或怎樣保養就行了。正因如此，面對大眾的文學批評是很重要的。報紙、電台廣播，電視節目都十分深入人心的媒介，也只有利用這種媒介，才可以面向大眾。有些人對這些大眾傳播媒介不免疑惑，他們會不會為了討好聽眾而把書評的水準和格調降低了？此外，一旦處理方法不善，會不會弄巧成拙，嚇跑了聽眾？這都是值得注意的問題，但不是不可以解決的問題，態度和方法很重要，聽眾是可以接受教育的。

比較可行的方法，是貝爾納所謂的「情緒批評」，貝爾納這樣解釋：「主要談他們對某一本書的感覺，很難設想報紙上的一篇書評是從結構主義的角度寫成的，因此可以說，從事日常批評的批評家們並不遵循甚麼一定的方法。……大批評家的印象固然有可能使人頓開茅塞，就是小批評家也容有一得之見。……所謂印象，不獨是產生自原作的撞擊之下的一種創造，而且也是對原作的一種可能的補充。」對某一本書的直覺領悟和生動感受，應該是最先也最能開啟人心的，有時也是最獨特的。

情緒式批評，就是文評家作為一個誠懇的讀者，心接心地讀着某一個作家的靈魂和闖入他的內心世界，然後，找出可貴的和遺憾的，再用誠懇的態度，把這種感受轉告其他人，打動他們，讓他們也情不自禁的——也許是不滿足於文評家所說的，自己去找那一本書來看看。不過，情緒批評的準則，全看文評家怎樣掌握。否則很容易流於個人狹窄小圈子、偏激和執拗等毛病。所以貝爾納提出好批評家該具備的五種素質：文筆、學識、好奇心、個性、勇氣，我覺得還應加上開放和公允的心態。

篇簡浩如煙海，現代人要注視的事物很多，生活節奏又快，許多人不是不想看書，而是書太多，有點無從看起。好的書評家、正好為他們先做了一番選擇功夫。那些好書評家又不是高不可攀，他們容易接受或被打動，慢慢自己也生出對書的獨特見解，品味也逐漸提高，這就是情緒批評的功效。

到時候，有些讀者的程度足以看「把一根頭髮分成四瓣」的書評：有些讀者依舊信任情緒批評，那沒多大關係，反正，都是一條讀書之路。

一九八七年五月二十及二十一日

寫書評的本錢

在文學界的座談會裏，台上台下都提到「香港需要建立良好書評」的問題。這些話，熱切關注香港知識文化發展的人，都説了十多年了。但説總歸説，報刊上讀到的所謂書評，仍叫認真的人臉紅、識貨的人難過。

為甚麼建立良好書評那麼難？

我們都心中有數，只是沒説出來。終於，那天坐在台上的一個「官」説了「真心話」：我們不能得罪人。

其實，不是香港作者特別小器，而是人總不易容得下不中聽的良言：名滿法國讀書界的畢佛，就碰過這樣的釘子：二十世紀六十年代中期，他為西蒙．德．波娃的一部小説寫了一篇不甚恭維的書評，「她從沒忘記，也從沒原諒我。」畢佛如此回憶。也正因為如此，他沒法子請得西蒙．德．波娃的情人薩特在他主持的節目中露面，成為十五年盛事的缺憾。

畢佛有實力，有廣大觀眾支持，得出版界、傳播界的尊重，薩特、德．波娃不給面子也只好引為憾事。但畢竟，書評，作家訪問依舊可以維持不斷，本來對電視有敵意的名作家、知名知識分子，最後也願意走在他面前，接受可能很尖鋭的質詢。

畢佛有的是「本錢」：一天看十多小時書，出鏡時看似不經意，但卻字字珠璣，事前對作家書本的資料搜集，對書市場的趨勢掌握，一組完全明白他需要的技術人員，一位在出版界人緣極好的聯絡人，有足夠供他選擇的易讀書、艱深書，觀眾支持與電視台老闆的容納，則互為因果……等等，本錢足，膽子大，不怕得罪人，良好書評就如此建立起來了。香港怎麼樣？文化官員裝模作樣、出版社老闆得打響算盤、傳媒主事者眼光勢利，讀者領受能力薄弱……我們沒有良好書評，因為我們沒有本錢，我們沒有膽量。

一九九四年二月二十五日

痛心

細細讀了《梁思成．林徽因卷》，真是百般滋味在心頭。

中國原來有過那麼有識見有才氣有真愛的建築大師，但千言萬語還是保不住許多珍貴建築、保不住無數前輩心血和智慧結晶，最後連自己的性命不保，落得慘淡收場。

祖國大好山河，除了好山好水，還有不盡的充滿細密心思的完美建築。可是，後人卻無愛惜之心，我們每到一地，看到由無知而造成的破壞，就心痛如刀割，更可以想像專家如梁林，那急與苦的內心景況。

讀〈記五台山佛光寺的建築〉一文，看一群古建築愛好與保護者如何艱辛去探究這座唐大中年間古建築，分享他們發現殿內樑底的墨跡時的驚喜，感受他們在極惡劣的條件下，繪畫圖錄，只為「深怕機緣難得，重遊不是容易的，這次圖錄若不詳盡，恐怕會辜負古人的匠心。」那種種急切之情。

文章寫於一九五三年，中央文化部撥款修繕這罕貴文物建築之日。可是，事隔四十多年，我們今天看到的佛光寺，那景況淒涼，不知泉下人如何心痛。

正殿樑間墨跡，顯然被劣工加墨塗改，唐塑像三十餘尊，已見殘損，文殊殿也甚荒涼。據說因無善法保存，八十年後整座木構建築會全毀掉。科技尖端化的當代，竟無良方保護珍貴文物，真是愧對先人。忽然記起在山西殊相寺，正殿正架搭木棚修繕，我抬頭一看，只見兩個青年女工，蹲在架上閒談嘻笑，另一則拿油帚在邊談邊塗，哪裏是在修繕珍貴文物？塗廣告畫的還比她們認真，外國修繕古畫，都是一流專家，動輒幾年細工才告完成。梁林兩位遊魂至此，想必頓足椎胸。

精華與糟粕，竟無力分辨，那還有甚麼話可說。

一九九六年九月四日

再說梁思成

梁思成，在中國建築史上，是個光輝名字，最可貴是他對古建築的深情——他對中國古建築自然一往情深，同樣，對日本京都也不因是敵國而仇視，曾向盟軍建議不可炸京都。

讀到他如何向中央、向周總理、向北京市長陳情，提出保留古都面貌，解決沿街新建高樓辦法、討論北京城牆存廢問題，甚至關於人民英雄紀念碑設計的再三推敲，在在表現了專業識見和周到關愛。同時要應付只知配合政策、講求主義的偏差幼稚人物，文章寫起來十分小心，不能得罪了當權者、又要簡明扼要說真話，真個用心良苦。可惜，他的苦心事隔幾十年，盡付之東流。想起今天北京城建築的古怪參差，許多洋大廈頂着一座座瓦頂小屋，宛如穿洋裝戴瓜皮小帽的怪相，就明白外行人有權的恐怖。

專家寫文章，往往犯上專門名詞一蘿筐、文字硬似石頭的毛病。可是，梁思成文筆流麗可讀，淺易清晰講道理，居然敘事描繪中有人性人情，是一篇篇小品，情理兼備。其中一篇〈祖國的建築〉，字數不多，卻完整呈現了全套建築史，讀畢有如上了一個課程。斗拱、樑、椽、樓、塔該怎樣認識。歷代建築特色、長城、北京……都個性顯現。不知道中學文化科的老師會不會讀到這篇文章？會不會讓學生讀到這好文章？文化科，不是為了考試，讀了是認識自己國家民族，讀了增加歸屬感性，才算讀得好。就是不講得那麼「嚴重」，當汲取常識，方便旅遊時增加趣味，也有效果。

讀到這樣好文章，真如林徽因說的：情緒上的小小旅行。

一九九六年九月五日

讀梁先生的書

梁漱溟先生以高齡去世，睿智風骨，世間又少一人！

據報載，梁先生接受台灣客人訪問，客問有甚麼話對青年人說，梁先生說：「好好理解中國傳統文化，讀我的《中國文化要義》。」這是梁先生的遺言，莫等閒。這兩句話，裏面藏着梁先生一生的學問，一心對中國的關注。

當一般年輕知識分子都讀柏楊的《醜陋的中國人》、孫隆基的《中國文化的深層結構》，而又近乎深信不疑的時候，我就不禁想：他們為甚麼不看看梁先生的《中國文化要義》？

中國傳統文化的優劣，的確需要從頭檢討反省，但反省必須認真了解才能做得徹底。並非一知半解或徒觀表面行為：抓住一些人人共知的缺點，就大加批判，就算檢討。甚至有些人根本沒有接觸中國的傳統文化，採摘些人云亦云的傳言，再用所知西方理論，量體裁衣地去證實中國傳統文化一無是處，把一切不幸，歸咎於他們自己並不深知的文化體系，而信者又絡繹於途。這對中國文化以及民族性的改善，是沒有好處的。因此，早在四十年前，已以「認識老中國，建設新中國」為信條的梁先生、對中國傳統文化深有研究的梁先生，就從不同角度剖析了中國文化的優劣及其成因，寫成了《中國文化要義》，讓我們能既宏又精地看到自己民族的得失取捨；這不是單單指出醜陋，以快一時之意，而是指出病源所在，以便對症下藥。這才是愛中國的表示。此書所言，後人如殷海光等說及中國文化時，大體重點均不出其範圍。可惜，幾十年來，因政治壓力，許多人並不知道此書。如今梁先生逝去，適值陳坤耀先生在「十本好書」活動中，又推介此書，我深有同感，為對梁先生致敬，為中華民族，我們要好好讀梁先生的書！

一九八八年七月十五日

作家像

六十年代，教中學的時候，想找中國作家的照片給學生看看，增深他們對讀文的印象，是多麼艱難。別說學生對作家的樣貌一無所知，就算我自己，也不見得有甚麼印象。

七十年代末，文化大革命剛完，斷斷續續看到一些由訪問而來的照片，未免大吃一驚和淒愴。記得初見冰心老來照片，竟然無法接受那蒼老的臉。聶華苓訪問剛平反歸來的艾青，他坐在雙格床下層，上層堆滿書本雜物，一臉愁苦刻紋，那幀照片令我至今難忘。一九八〇年出版了《文壇繁星譜》，幾乎相同的裝束笑容掩不住的滄桑，看了總覺不是味道。那年頭，我也開始有機會北上親炙心儀已久的作家學者，他們將信將疑的眼神，生活環境的不如人意，實難叫人寬心。

八十年代中葉以後，他們的生活一天比一天好起來，大部份人的臉容也呈現了光彩，回復自信。比較三個時期的照片，我可心領神會。最近讀到一本叫《課本中的作家像》的照片、生平資料集，由舒乙主編的，真見心思。每位作家不同時期的照片，各有神采，各具個性，果然如舒乙說的：「生動活潑，豐富多彩，而且有史料價值。……讓人有一種讚嘆和驚訝之感，自然而然地喜愛它，珍惜它。」最令我注意的是作家的笑容和個性。去世了的作家照片，也非「熟口熟面」。例如華羅庚在日本東京大學作家術演講拍的照片——十三分鐘後他心臟病突發去世。老舍生前最後一張照片等，都極珍貴。

這本書，香港中學圖書館都該買一本，可惜，未見書評推介，書店也只把它放在角落裏，沒引起人注意。

一九九八年一月二十三日

讀《周作人晚年書信》

一

收到鮑耀明先生寄來他編輯，並自費出版的《周作人晚年書信》，急不及待讀了整夜。這書收入了一九六〇年至一九六六年之間。鮑周兩位往來書信，最特別的是當中還按日配上周作人的日記。

這本書包含着幾重意義。第一：周鮑二人素未謀面，純粹依靠文字作為媒介，牽連着相隔兩地的忘年情誼。對於這一點，可能有人想得不那麼單純，認為那不是純為文字之交，看來周作人對鮑先生所索求甚多，在生活困厄中，難得外頭來了一源活水，怎會不好好把握？而鮑先生也因通信關係，請周作人寫字及題簽，又常常請教翻譯問題，後來更問了些敏感問題，例如出任督辦是否被脅迫，抑或環境使然？有點獨家專訪的好處，如果真有人如此想法，這一定是近十多年的「新腦袋」想出來的。五十六十年代，人的交往，沒有太多功利心思，不會先設定某種目的才與人相交。在周作人方面，可能覺得既有外頭人手頭方便，老一輩人就當他是自家後輩，不客氣索取些渴求已久的東西。何況，五六十年代，祖國同胞許多都在飢餓線上，香港人早已習慣郵寄可以通關的日常必需品，沒有甚麼人會覺得家裏人的索取是貪婪，就是自己在香港節衣縮食來供應，也是應份的。至於鮑先生方面，既非學院中人，不必趕寫論文過關，又不是記者，搶得獨家資料來佔風光。多年來，自掏腰包出版周作人書信，雖然深受行內人好評，卻不見得暢銷，賺錢沒有他的份，真是何苦來哉？周作人題字書信，他沒有待價而沽，除了自藏的喜悅外，也不見得有甚麼實利。（當然那種珍藏喜悅，也可算錢不能買的一種實利）因此，在第一重意義上，這本書見證了文字神交的經歷，這種交往，現在已經罕見了。

這一次出版，鮑先生花了許多功夫整理校正，不只是原件影印，其工序繁重，可以想像，如果不是個人信念支持，恐怕不易完成。

二

說到第二重意義，就是周作人的兒子周豐一在周作人逝世後，把鮑耀明寄給他父親的信件及老人的日記複印寄來，這種行為——作為名人的後人，而不把先人手跡、稿件、行事……視同禁臠，不會讓毫無學術訓練的人，亂處理一通而壞了資料原貌，實在令人敬佩。老實說，這本書，如果缺了任何一種：即非二人書信加配日記，都沒有那麼好看，因為只有如此，二人生活面貌才會立體起來。

第三重意義，就是保存了一九六〇年到一九六六年間周作人的日記。剛出版不久的《周作人日記》三大冊，就沒包含這段日子的，這段周作人一生最後的生活，雖然在文字記錄上，仍平淡如昔，只在一九六六年八月四日項下寫了：「因現搞運動，故停止收購中外書籍，只可作破爛稱斤賣矣。」也算他為歷史留了一筆痕跡。

第四重意義，就是讓我們看到周氏和香港文化界的關係和許多他的想法和批評。更可以看許多有趣有用的資料。由於他多與香港文化界書信往來，間中也收到各種剪報和本港出版的刊物，例如《新民報》，《大華》、《海光》。他看了某人文章，就會發表些意見，例如對十三妹的批評。還有他評《五四文壇點滴》說「大體可以說是公平翔實。」都不是在別的地方見得到的。當然他筆下説的陸離，並不是指香港的陸離，而是指他的徒弟。他對某些事與人的不滿等等，不必作嚴肅研究，也很有趣。

此外，全書充滿的日本食物名稱、書名、作家名字，都可看作周作人一生身心所繫的要素。至於人到暮年，窮愁無助，靠友輩資助、售賣藏書碑帖以解困，在在以能否收到豬油雜食為念，未免不是周氏悲劇的無情呈現。

讀罷這幾年周作人書信及日記，得一印象，就是他一生，自二十年代開始，就自閉於買書、讀書、寫文、譯文，享受生活的世界中，沒有其他要求。

可惜他是周作人，於是注定成了悲劇人物。

一九九八年三月六及七日

情信

真情真意的信，實在好看！

歷來，中外古今，名人作家書簡留痕極多。情人、朋友、同道，文字往來，只要細心讀來，就覺：人在、情在、義在、學問在。

現代作家，徐志摩的《愛眉小札》，魯迅、許廣平的《兩地書》都是名作。徐志摩筆下濃得化不開的情，是意料中事。沒想到《兩地書》原信，魯迅竟然寫出：「小刺猬是很乖的，鼻子不再凍冷，也令我放心。不過勒令我的鼻子垂下，卻未免專制……」句子，又下款自署「小白象」，就不禁另眼相看。最近讀到沈從文年輕時寫給張兆和的信，淡筆寫濃情，令無關痛癢的旁人讀了，也覺心醉。他沿湘江行旅，幾乎一天寫幾封信，細意描繪山光水色、人事歌聲，字字不忘愛人兆和（她就是信中的三三）。在船上，冒着冷看星空，他寫道：「你若今夜或每夜皆看到天上那顆大星子，我們就可以從這一粒星子的微光上，彷彿更近了一些。因為每夜這一粒星子，必有一時同你的眼睛一樣，被我瞅着不旁瞬的。三三，在你那方面，這星子也將成為我的眼睛。」

可能有人認為別人的情書，看來肉麻，但從古到今，好的情書情話，都是傳誦的文學作品，肉麻？看你怎樣看。

不知道現代年輕一代，還有沒有人寫情信？歪着脖子細語融融講電話的，是「正道」，誰還肯費神費時又吃力去「作文章」？曾有傳播媒介舉辦情書徵文比賽，據說為了復興這浪漫傳情方法。可是，寫情信，參加比賽，那不是一個很大的笑話嗎？

沒有時間，沒有能力寫情信，這世界真浪漫不起來了。

一九九二年十一月十四日

信箋

中國文人講究信箋，自製信箋力求雅致精美。在博物館或專場信簡展中，看到名士們瀟灑的字，寫在風格不同的信箋上，真覺風華絕代。

第一次觸摸的信箋，是唸小學二三年級的時候，親戚自大陸來，送給母親一疊十竹齋信箋，母親愛不釋手，小孩子並不懂甚麼十竹齋，只記得印着不同竹子畫的紙張，母親讓我摸摸就收藏起來。

直到二十年前，在京都大學圖書館裏，看到一九三三年魯迅、鄭振鐸編的《北平箋譜》（京大所藏是編號本），真是驚豔，從此迷上古箋，努力遍尋有關箋紙的書籍論文來讀，讀了鄭振鐸的《訪箋雜記》，才知道還有《十竹齋箋譜》、《蘿軒變古箋譜》，感謝魯鄭癡人，為我等後輩留下這樣美的遺產。

念念不忘，又過七年，一九七九年第一次到北京，在元氣未復的榮寶齋門市部蒙塵櫥窗中，驚見一九五八年複製的《北京箋譜》，只售人民幣八十多塊，立刻買下擁歸，那種心情，如坐輕雲。一九八二年再買得《羅軒變古箋譜》，於是，心願大半已遂。雖然，雙譜藏起來的時間居多，但偶爾拿來觀摩，也覺賞心樂事。

這些箋，自然不會用來寫信。我還買了許多散箋和日本信紙，只是自知字寫得差，不好意思寫在那些美好箋紙上面，以免大煞風景。

近人自印信箋的不多，就是自印，也不過有些印刷設計而已，難有如古箋的特製。文人閒暇而有餘錢，也不易找到榮寶齋等名店名手藝家來專門侍候了。

很懊悔沒學好一手字，空有張張好箋，卻沒有勇氣寫幾行字，寄出去。

一九九二年十一月二十七日

鄉情

是流浪還是還鄉？

竟然鑄就重重枷鎖，苦苦困住了無數中華兒女。誰叫我們是個與土地結下不解之緣的農耕民族？原來，與生俱來，有一種：鄉土情結。

自《詩經》、《楚辭》開始，文學裏有寫不盡的鄉愁。流離的人，活在陌生的國度，帶着由於不習慣而來的恨意，遙想故淵舊林的一水一木。

晉室南遷、唐安史亂後、南宋偏安……三次民族大遷，北而南，逃避動亂，到底還算在自己國土上。社會轉型，農村破產，五四以後，一個個農村之子，朝大城市跑，於是城鄉之別，迫使他們面對文化衝擊。八年抗戰，逃難逃荒，有人一去幾十年。支邊開墾，上山下鄉……數一數，竟然大半生離鄉別井。然後，有人愈行愈遠，直至截然不同文化的異國，變成終生流浪者。這些事情，發生在鄉土情結特強的中國人身上，真是一種命運嘲弄。

何日還鄉？那群不歸的候鳥。

徐劍藝在《中國人的鄉土情結．後記》中記下他那八十歲奶奶的故事：老人家望着屋前一塊祖傳窪地說：「奶奶死後就埋在這兒。」不久，消息傳來，縣政府要推行火葬。從此奶奶就神色黯然，常常站在窪地前自言自語：早點去，早點去。一天比一天吃得少，又催促着家人快點把墳地修好。終於她如了願，趕在火葬令期到之前入了土。

讀着這個中國農婦故事，香港人如我，忽然一陣惘然，這就是戀土戀鄉的情結嗎？講中國文化，我有甚麼資格？文化，不是一本書能講盡，不是文字能記錄。原來，欠了一個情字，講文化，也是枉然。

一九九三年十二月十日

代讀人的故事

自從在一九八七年第三期的《讀書》裏，讀到郭宏安《電視：文學批評的新媒介——訪法國文學批評家貝爾納．比沃》一文，就一直想對那個瘋魔法國讀書界的電視文學節目知道多一點點。我問過長居巴黎的蓬草，她寫過一篇介紹，可是仍未能滿足一個未看過該節目的人。

沒想到，在那節目停播四年後，我才讀到比沃（台灣譯作：畢佛 Bemard Pivot）回顧主持了十五年電視書評的感覺和反省：《讀書，這一行》。該書由法國社會科學高等學院的歷史學家諾亞（Pierre Nora）主持的訪談錄編輯而成。全書以畢佛回答為主要內容，他十五年來的心得和經歷，可叫我這個未睹真容的讀者，十分傾慕，而他的個性風格，也活現紙上，令人難忘。

一個電視節目，談的只是書，卻維持了十五年的盛名。星期五晚上播出，星期六就掀起搶購介紹過的書的熱潮。那除了主持人的功力外，該還有甚麼因素？

讀完這本紀錄，我們自然了解，畢佛用自己的識見、讀書的耐力、鍥而不捨的追問，十分恰當的「代讀人」身份，去接觸作家和知識分子，消解了他們的熒光幕前的不自在，更重要的是讓知識分子理解如何面對日益強大，分秒在影響着現代人生活思想的傳播媒介。此外，當然還需要文化素質優良的觀眾。據說，每十個法國人中就有一個人坐在電視機前看那節目，已經成為一種文化現象。難怪海峽兩岸的留法學人，都不約而同地問：我們為甚麼沒有這樣一個節目？

香港電台都苦心經營着一些文化節目，但我們的聽眾有多少？反應又怎樣？大部份人沉溺在言語無聊無味的軟硬迷藥中，徒然浪費了主持人的心思，而某些傳播媒介的老闆也就振振有詞地不讓文化節目有一小塊立足之地了。

篇簡浩如煙海，想用有限的時間，多讀本好書，真不知從何讀起。胡亂看，又容易叫人失望喪氣。

一個品味學養俱佳、公正獨立的代讀人，是非同小可的恩賜。

畢佛，這個為法國人作了十五年代讀人的好書促銷者，他的「犧牲」也確實令人吃驚。他為自己馬拉松式的讀書計劃訂下了清規戒律：一星期七天，每天讀書最少四小時，最多十五小時。盡量不參加出版商的雞尾酒會、文藝性聚餐、世俗應酬、避免涉足巴黎書展、摒除一切與出版有關的活動、拒絕外快、紅利，甚至不去與出版商有關聯的飯館用餐。選書標準有兩個依傍：一個無形委員會的意見——不受電視台薪酬、不受出版社人情、也從不聚會的負盛名的書評作者所寫書評，另一個則完全根據自己口味：自己以為代表讀者的口味——各自的企盼、反感、空白、激情、冷漠和幽默。

最有趣的倒是一天時間表裏，他列出的「工作」除了看書外，連去廚房喝水喝果汁、吃一大塊巧克力、上廁所……也寫得清清楚楚。我想，佔他時間而又是必然的閒遣是：餵貓、摸摸他的貓——出門上電視台之前，也必然摸摸它的羅咪——一隻很大的虎斑貓。（這隻與書與書評毫無關係的大貓，竟佔了本書的一頁。）

代讀人有苦有樂，雖然有人奉他為神，但他畢竟是人。他會為爭得訪問一個從不肯與電子媒介打交道的名作家而快樂了十多年，會為請來一個借酒鬧事的作家而戰戰兢兢。他會難免個人情緒波動而覺得書多得讀不完，感到沮喪。但他也如此說：「在書籍和日常生活間來來去去，在符號世界和物質世界來來去去，幻境與實境的交錯，就是讀書人的一大樂趣。」這是一個代讀人十五年來的故事。

一九九四年二月二十一及二十二日

日本之謎

四川人民出版社的《走向未來叢書》，令人刮目相看，貴州人民出版社《傳統與變革叢書》也值得注意。這套書到港的並不多，我只買了林毓生著、穆善培譯的《中國意識的危機》。在叢書目錄中，我最感興趣的是：梁治平、齊海濱等著《新波斯人信札——變化中的法觀念》，王潤生著的《我們性格中的悲劇》、謝冕著的《文學的綠色革命》，卻還沒看到。最近在書店中，買到梁策《日本之謎——東西方文化的融合》，雖然也是同屬一套叢書，可是初買時並不重視，只因出版說明說作者是個留學日本兩年的學生，「通過留日學習兩年中的見聞實感，運用大量有聲有色的形象材料，為我們勾勒了東西方文化在日本融合的歷史足跡。」推想它的內容大概跟許多遊學雜感差不多，頂多加點文化學的觀點而已，當成閒書翻翻也好。

誰料一翻之下，發現這本開首貌似閒書的書，竟蘊藏着作者深沉的思維，和用心良苦之處。如果把此書當成一本日本留學兩年見聞錄，內容就嫌太淺，它說的別人到過日本也會說，但經作者苦心組織成文、就變成一本說中國的書。段段說日本，實質處處講中國，看人家反省自己，正是本書精神所在。

作者在書中最強調的是日本人如何利用「柔軟性的思想方法來吸收外來文化」這一項特點，他敘述明治維新前夕日本鎖國政策情況，及如何在自我封閉的狀態下，衝出重圍，就正好讓鎖國幾十年的中國，看到自己以後該走的道路。所謂「柔軟性思想方法」，是不以權威或經典作思想結論，「而是追求思想展開的程度，他們也不努力把問題講得斷然、肯定，而是力求把問題講得深，講得有探討的餘地。」

這種訓練促成日本現代化的迅速發展，中國又如何呢？作者筆鋒一轉，忽然說起中國儒家經學思想來，在「山窮水盡與柳暗花明」一節中，如同許多反對新儒家或反儒學的新一代大陸學者一般，作者極力主張只有擺脫經學思想，才可確立科學思想規範的性質，也才能把人的個性解放出來，充份發展經濟所需的才能——日本人就是一個好例子，但細心考察這章節文字，作者有一段話與儒家與日本均無關係的：「對待科學的學說，可以有兩種截然不同的態度：一種是按照它的本來面目把它當作科學，一種是違背它的初衷把它當作經學。對馬克思主義採取教條主義的態度，實質上就是把馬克思主義塞到經學的最高教義的神位上去了。⋯⋯科學思想一旦被封閉在這個位置上，它的生命也就停止了。」這不禁叫人深思，目前他們反儒家經學反得那麼賣力，實際意不在此，「儒家」只不過一個代名詞，作者認為日本擺脫了經學思想方法，故在制定政策時也能「不輕易否定，扼殺那些按某種既定原則看來是荒謬的東西。」這種說法，不是也可以針對今天的中國情況嗎？

其他部份如說日本人的辦事效率、盡職精神、文明教養，在在均緊扣中國人的所缺而發，最終目的是：「只有丟掉一維價值觀模式，傳統文化才能在多維價值觀模式中成為有益的東西。悠久的歷史所形成的深厚的傳統，只有在它的束縛被打破時，才能成為使現代文明增強活力的更加深沉的因素。」

一九八七年九月四及五日

日本人的「整樣」

一

不能不服了日本人的「冇嗰樣整嗰樣」的高度能力。「冇嗰樣整嗰樣」，對日本人來說，不是貶義。限於地理環境，大和民族為求生存，必須從無到有地創出新天地。他們的創意與聯想能力，實在是逼出來的，長年累月積聚，就成了他們的文化特質。

京都庭園中的枯山水，丁方幾丈一塊地，上面鋪了白沙小立石，遊人靜心觀照，遂成了東海神山。苔寺空間有限，參天大樹腳下，遍植不同種類的苔，人們去參觀，看的不是大樹，卻是細品低下而微小的青苔，把苔看成森林，神遊其中，可以盤桓整日。在東京大神廟的參道上，兩旁植了杉樹。隱約傳來鳥鳴，原來是隱蔽得很好的擴音器作的怪。還有眾多小庭院裏流水淙淙，都由機動偽裝——一切為了引起遊人聯想，增添詩意與禪味。

徐城北的《撩人的紅葉》記錄了一件小事，足見中日兩民族審美角度不同。一個中國美術評論家代表團到日本拜訪日本畫壇巨擘東山魁夷。進入宅中庭院，院內很幽靜，誰也沒注意小徑上散落了的片片紅葉，更沒有誰會注意到自己腳下踩得葉子窸窣的聲音。代表團不是來遊花園，也沒有賞花觀葉的閒情，有公事在身，拜訪大師才是急務。小故事發展下去，才叫人出乎意表。

二

進得宅中，與八十二歲的大師見面，談話間，東山魁夷忍不住提到小徑上的紅葉。原來是他特意叫家人在院中放了紅葉，理由是：「使我的院落也像一幅畫，迎接諸位，請諸位進入畫境。」特意放下紅葉，讓客人踩得窸窣有聲，使畫中有人、人入畫中，構成聲色俱全的畫境。如此迎客，好意解讀，可以看成：果然不愧美術大師，自具風格，但也可讀成他的裝模作樣。特意裝成一種詩境，我曾領略過。在苔寺深綠叢中，忽然有一朵椿花，艷紅地躺着，一紅耀目，在深深庭院中，產生了非常動人浪漫的刺激，這種美，事隔二十多年，依舊難忘。可是，院中並無椿樹，椿花何來，不說自明。美，有天然的，但有不少人為的，合美學觀點的設計，就是「整樣」，也不妨事，反正創作就含這個意思。因此，看了這小故事，我們不會認為東山多餘造作，只能作為了解日本文化的例子看。

聽了主人的話，你猜猜中國美術評論家的反應怎樣？據徐城北記載，倒該抄一抄：「這番話驚動了代表團所有的人，大家不約而同地在歸路上爭拾紅葉，覺得這是此行日本的最珍貴的收穫，不少人將它夾進了日記本。」人家的紅葉是畫境構成部份。缺少了就不成美意，中國人卻老實不客氣爭拾了夾在自己的日記本裏，這正符合中國的實用主義精神，而中日文化相異，也就在小事中反映了。

一九九八年七月二及三日

沒有見過的歷史照片

你沒見過的歷史照片？是的，那是我沒見過的照片。

一股「老」的潮流湧現，山東畫報出版社出版的「老照片」系列，令歷史面目忽然活起來。那幾輯叢書所刊載的，不一定是甚麼名人、大事，有時一幀平凡人的生活照片，清秀俊朗的中國青年神態，雖然時空相隔，但還是那麼有血有肉，變得真實，令人神馳，一時間分不清是歷史還是實存生命。當然也有不少令人心痛、慘不忍睹的傷殘影像，每翻一頁，都準備心靈震動。

最近又有一套上中下三冊本的《你沒見過的歷史照片》，其中有一輯歷史照，恐怕真如序言所說：「收錄在這裏的中國以往的歷史的片段，大家或許並不陌生，而那一張張照片所定格的瞬間，誠如書名所言，是大家不曾見過的。」書中首先刊出的兩張照片，留意南京大屠殺慘劇的人一定印象深刻：一九三七年十二月十三日刊登於《東京日日新聞》的「百人斬」消息及兩個競賽百人斬的日軍將校的照片。連殺一零六、一零五人後那傲然冷血樣子，誰看過誰都記得。可是連續下去的八張照片，卻真的沒有見過。那是一九四七年十二月十八日至一九四八年一月二十八日，在南京戰犯法庭審訊、判決百人斬兇手向井敏明及野田岩的連環圖片紀錄。兩人在法庭上，手持遺書、要求吸一口煙、俯身收拾遺物、在奇寒天氣下，由憲兵押赴雨花台刑場、蓬首垢面的戰犯相對吸煙，行刑前高舉雙臂高呼口號、槍決後橫屍地上。十張照片，交代了一段殘酷悲慘的歷史，才不會令我的記憶永遠停留在「百人斬大接戰，勇壯！向井、野田兩少尉」的恥辱中。

這些照片，理應由中國擁有，可是序言卻說：「說沒有見過，主要是對中國大陸的讀者而言，因為這些照片均是編者從大陸以外的地方搜集到的。」那不由得人又生一番感愧了。

一九九八年十一月二十八日

活的歷史

歷史是一本大書，但不應是叫人生厭懼畏的書。

歷史，由我們身邊走過，我們也正走在歷史路上。中學生怎樣閱讀這城市的歷史？不必說甚麼尋根一項大責任，只盼望他們在用心尋索資料的過程中，從艱難搜集中，明白了「今天所見，得來不易」的道理。

學校的歷史科，幾乎使人昏昏然，一切為了考試過關，還有情可感可言？更不用說領會思考了。

香港中華文化促進中心主辦了四屆「香港歷史文化考察報告」比賽，讓中學生從親自選題，然後搜集資料考察，並加以分析總結，利用文字、圖表、影像、錄音等等做成報告。最近更把其中十份印刷出版了。

正如冼玉儀在《對進行歷史文化考察的一些建議》中說，「鼓勵了許多學校的同學參加，亦引起了大家對本地歷史和文化研究的熱忱，同學們能在每屆不斷地表現出熱烈的工作態度、嶄新的創意、積極的合作精神，都是叫人佩服的。」十份報告，有些很嚴肅，有些很有趣，都是同學很努力去完成的。在紀錄中，我們可以看到，他們的工作可能比讀幾本天書去應付考試更吃力，甚至在尋索過程中碰了無數釘子，例如九龍工業學校做的《十八天噩夢——二次大戰日本侵佔香港的行動及其反響》，看他們的考察日程表，就很感動，找許多可能幫他們一臂之力的人，都遭拒絕，幾經轉折辛苦，也無法與有關人物接觸。「拒絕」、「可惜」成為用得最多的詞彙，但他們說愈做愈覺「任重道遠，義無反顧」。這報告自然沒有甚麼特別的材料，但「嘗到挫敗和失落的感覺」後，領悟了「大挫折能造就成功」的道理，就是最大的「成就」。

他們正讀着一本活的歷史。

一九九四年四月四日

活的方法

看得太多知識分子回憶文革時期的文章，只見滿紙血淚交流，真是驚心動魄，雖然偶見楊絳稍帶幽默筆調、阿城說故事風格，還是話裏有淚，細味字裏行間，傷痛仍存。這類文字，常使人發噩夢。

最近讀到鄧雲鄉《春雨的情思》，真有「不同凡響」之感。忍不住抄一段：「有一個春雨綿綿的季節，我專門的工作是掃校園。你們知道嗎？冬青樹的葉子是春天落。在霏霏的春雨中，我獨自掃着長長的一條林間小路，把落葉輕輕地掃着、掃着……我望着那掃過的路，那濕濕的、乾乾淨淨的、望出去十分舒展的路，那樣安詳、那樣坦然……雨還似有似無地下着，我這時忘卻了一切，只觀賞着那掃過的路。……這似乎也是一點點詩的情思。」文化大革命，他被調到江南，住在一所古老木房子裏，負責掃校園。掃校園當然比掃街好得多，但也畢竟不好受。不好受還是要做，一時間也無法預計要掃到甚麼時候，人該如何自處，怎樣面對生活？就得看不同的人了。

他帶着詩眼詩情，苦中求「樂」，是一種方法。也許有人認為這不一定是他的人生取向使然，可能他沒有如傅雷巴金的重要，惹禍不大，故受的煎熬少。又可能事過情淡，傷痕已褪，回憶起來，也只選印象深刻或與別人不同的片段。這一切不是沒有可能，但在逆境中，試用另一取向，也不失為求生方法。

享安樂易，處困厄難，在亂世，必須尋找一種活得下去的辦法。

一九九八年七月八日

《異端的權利》

「後代將會迷惑不懈，為甚麼在如此燦爛的黎明之後，我們還會退化回到昔米萊人的黑暗之中。」

朋友寄來一本《異端的權利》，打開扉頁，看到這幾句話，心中一寒，整夜無眠就把這本書讀完。

這是北京三聯書店出版的《文化生活譯叢》中的一本，它有一個副題：「卡斯特利奧反對加爾文史實」，作者是奧國的斯·茨威格。內容所敘，對我來說完全陌生，因為那是十六世紀在歐洲發生的宗教政治事件。宗教改革家加爾文奪取權力後，自命為救世主，對反對派大加殘酷鎮壓。正義而勇敢的塞維特斯和卡斯特利奧先後起來反抗，特別是卡斯特利奧以不屈的姿態——「蒼蠅撼大象」式的以文字對抗加爾文：一個大學教授如何用文字去打擊一個極權、狂妄的政權操縱者？他試圖迫使加爾文向世界解釋：如何不擇手段捏造罪名，把為了正義的反對者塞維特斯活活燒死。但這畢竟是無望的鬥爭，他寫下了無數的文章——只能以手抄本形式的民間流傳，因為極權的審查制度禁止了他一切著作出版。——《論異端》、《答加爾文書》、《悲痛地向法蘭西忠告》、《論懷疑的詭計》等書在人間隱沒了幾百年。經過長期不懈的維護真理，與極權者作冷靜的抗辯後，四十八歲的卡斯特利奧終於在一五六三年死於憂患。他的一生事跡，也要等到一九三六年，由茨威格寫成《異端的權利》才公諸於世。

在這本書裏，可以看到權力欲如何使一個具有先知洞察力的改革家變成獨裁者，可以看到具有良知的勇士如何在眾人暗啞的年代，在權勢壓迫下，為真理自由而戰。細讀卡斯特利奧一些言論，竟不相信那只是十六世紀困境中的勇者呼聲。

在這本充滿濃厚的宗教異端爭論的著作中，我們看到同一教派同一信仰的人，一旦遇到其中有自以為正統代表的迷信者時，被視為異端的，所遭受的壓迫和殘害，有時會遠比不同信仰的為甚。因為只有堅信自己信仰是真理的人，才會冒着一切險阻，維護信仰的真貌，對抗蹂躪自己信仰的勢力。而視他們為異端的人，就最討厭這種熟知教義，又熱誠得連命也不顧的信徒——他們畢竟是異端。卡斯特利奧的描述引人深思：

「我不相信所有名為異端的是真正的異端……這一稱號在今天已變得如此荒謬，如此可怖，具有如此恥辱的氣氛，以至於如果有人要去掉他的一個私仇，他發現最容易的方法就是控告這人是異端。一旦其他人聽到這可怕的名字，他們就嚇得魂飛魄散，掩耳不迭，就會盲目地不僅對被說成是異端的，而且對那些膽敢為他講一句好話的人進行攻擊。」

面對狂怒急躁的獨裁者，愛好和平的信仰擁護者卡斯特利奧，既不公開對抗恐怖政治壓迫而過早成為烈士；也不為保持內在自由及保住生命而表面裝作屈服，成為啞巴；更不作流亡者。他忍受極多不公平對待，包括剝奪言論及出版自由，無端的揑造誣告，謾罵和挑釁，失業與貧困，但卻不斷地提出冷靜的辯論。他不厭其煩，一層層揭露獨裁者的傷害公理的面目，這種抗爭態度，需要極大勇氣，也更容易使對手暴跳如雷。如此，對手更容易陷入瘋狂狀態，超速顯露敗亡之機。

無望的鬥爭，也許，只指鬥爭者未必及身可見勝利之果，但歷史，和人類的良知，總能判別真理勝利屬誰！

一九八七年四月七及八日

心靈歸路

結結實實一口氣讀完三百多頁的《EQ》——被譽為「劃時代的心智革命」的大書，不禁思前想後。

作者高曼鄭重成文，再三致意的是：「我們所以要大力鼓吹EQ，實在是着眼於情感、人格與道德的三合一關係。」盼望以「自制力、熱忱、毅力、自我驅策力等」來消解種種令社會秩序崩壞的腐蝕力。

我的思前：二千多年前，我們的孔子，沒有寫成三百多頁的大書，也沒用上「情緒智商」（EQ）這新名詞，卻簡簡單單地用了一個「仁」字，再加上答學生所問的「克己復禮為仁」、「不仁者不可以久處約，不可以長處樂。仁者安仁，知者利仁」、「苟志於仁矣，無惡也」等等，就超前地說了高曼要說的許多話，孔子生當大統一、大制度崩潰的時代，面對人心浮動、物欲名利挑戰、人類情緒無復平安的情況，他就從人性的本質優點下手，強調了個人的意志力可以恢復社會秩序，可以克制背德衝動。「仁」就是高曼筆下的「利他精神」、「同理心」，解釋起來，還比高曼要說的豐富得多。「克己復禮」就是高曼連篇提及的「自覺自制」。哈佛大學教授深感當前社會危機，大書一出，成為暢銷，我們二千年前的《論語》，卻冷在一旁，大概因為《論語》太精緻了，不合現代人胃口。

我的想後：美國文化精神，憑着政治經濟強勢，鋪天蓋地在世界各地形成影響力，可是，美國本身的社會問題頂多。在科技極度發達情況下，人心卻得不到照顧。有心的學者努力提倡人性、感情的回歸，於是溫情小說電影、強調家庭生活重要、EQ的應用……一切就是回到二千年前孔子提倡的老路上來。以後還要走一段很長的「回頭路」，這才是人類的心靈歸路。

一九九六年八月十三日

令人自省的書

一

近來忙於讀書。

太多令人深思反省的好書了，一拿起就捨不得放下，全賴三聯書店的蔡先生懂書，為讀者進了許多好書，但也因此，使我忙得不可開交。

大陸出版界曾有一段令人喪氣的時期，為了經濟效益，或為了甚麼我們不可知的壓力，連著名老牌出版社都出些遷就一般讀者口味、只求暢銷、不問水平的書刊。散文隨筆出一大堆，老中青作家都趁散文熱，大男人小女人寫來文化風月，看得人眼花。當然，得個知字，未嘗無益，但總覺欠了些甚麼。過了九七主題熱潮，情況「忽然」好轉——說「忽然」，可能只是在香港的書市表面觀察所得印象，其實，內地文化早已由低谷逐步爬升，擺脫無奈的空白低俗，大量好書還未到港而已。

看出版選題，足見出版社和編輯的努力和心思，他們為文化思想尋出路，這種點子不只是為了打開銷路，而是為中國未來文化盡力。他們用文叢形式作系列呈現：火鳳凰文庫、錦瑟文叢、學人文叢、閣樓文叢、書齋文叢、讀書文叢……儘管內容多是讀書心得、回憶文字，但整體讀來，可以獲得作者對人與事的深思，很有個性。善讀者自可得益。但最好的點子卻是：回頭從「老」，「舊」入手。山東出了《老照片》，開出一條路，不是光為懷舊——後來的仿效者就難免落入懷舊的毛病，而是從回首已被遺失的歷史中反省。過去的幾十年，太多應為人所知的人和事，給別有用心的人有意地一筆勾銷。無知，就會順從，就會安於侷促。從尋知過程中，擴展視野，反觀自身，才能找得新路，才不沉溺於舊。

二

從舊中蛻出新意，就不能不提到陳平原編的《北大舊事》、謝泳的《舊人舊事》、《教育在清華》、《大學舊蹤》、郭汾陽、丁東的《報館舊蹤》。特別是謝泳所寫一系列，從舊材料的發掘、整理、梳理出一條被強制遺失已久的人事歷程，從中透露的訊息，足令今人深思有愧。例如他細讀研究《客觀》、《觀察》，追尋儲安平一生事跡，旁及同時的知識分子不同悲慘命運，蘊着紮實冷靜的陳述，不是傷痕陳列，不作呼天搶天控訴，卻在在含蘊着追究禍根所在的迫力，試圖描繪政治與知識分子相碰時的可怖圖像。《大學舊蹤》、《教育在清華》，更叫在高等學府中謀生的知識分子，驚心動魄。

且說《大學舊蹤》。細數「一個活生生的讓人長嘆不已的從前」，「一個令人神往的時代」，卻不止於長嘆與神往，而是教我們在今天撫心自問，有沒有執持學人應有的自尊與自省？有沒有師生坐而論辯的容人之量？有沒有挺身上書抗爭議論時政的勇氣？他談到梅貽琦，有這樣的一段話：「能處處以教授和學生為辦學的根本，想盡一切辦法延攬高水平的教授來清華執教，而在學生遇到困難時，總是設法加以救助，對一個大學校長來說，還有甚麼比愛教授和愛學生更可貴的品質呢？」此書要突顯的：國民黨執政時，大學裏的知識分子尚有個性風格，尚有不肯苟且吃一口飯的風骨，尚有關注大文化胸懷。大學校園裏尚有自由論學風氣……如今，盡在不言中了。

儘管「這一切後來都消失了，好像沒有發生過一樣」，但謝泳、丁東、韓石山等學者，就不畏艱難，從舊文獻中細意打撈，重組有些人不願提起的人事，給今天的人能以自省的提示。

一九九九年六月十六及十七日

葉靈鳳的書話

我從沒想過，會先為葉靈鳳編出一本書話，而不是先寫他與香港一段連綿三十多年的依存因緣。

葉靈鳳是著名小說家，更是個知名的藏書家，無論來港前或來港後，買書藏書讀書，已成為他生命重要的元素。在平靜的日子裏如是，在烽火漫天、朝不保夕、不易為人理解的三年零八個月，香港陷日的困境中更如是，他引了宋人所說的一段話以明志：

「飢以當食，寒以當衣，孤寂以當朋友，幽憂以當金石琴瑟。」[1]

曹聚仁說他是個「雜覽」的人。[2] 正因雜覽故能博，無論中外古今文學、藝術、民俗、風土……都盡經眼底，這些特點，本不是葉氏所專有，但長久以來，葉靈鳳的個性與早年在文壇的種種遭遇，使這藏書家對書有一種「借勢」的癖好。「借勢」一詞，是我生造出來的。在《書淫艷異錄》的小引中，他用引號標引了以下一段話：

「五十無聞，河清難俟，書種文種，存此萌芽，當今天翻天覆地之時，實有秦火胡灰之厄，語同夢囈，痴類書魔，賢者憫其癖好而糾其繆誤，不亦可乎。」[3]

1　白門秋生：《書淫艷異錄．小引》，《大眾周報》一卷一期，一九四三年四月三日，頁8-9。
2　曹聚仁：〈雜覽〉，《文匯報》，一九六二年四月十七日，頁6。
3　同注1。

可見藏書讀書之癖，既屬天生性情，也因際此「翻天覆地之時」，「秦火胡灰之厄」，於是又多加一重「借勢」的意義。

以葉靈鳳的文采風流，到香港定居以後，不再寫早期聞名的浪漫現代小說，而只寫隨筆小品書話，可能有人認為十分可惜，但通讀他一生著述，就自然對他中晚年所寫小品，有更高評價。姜德明說：「從藝術上看，可以說已經達到爐火純青的地步。」[4]果是確評。能到此地步，也事出有因。葉氏曾說：

「藏書家不難得，難得的是藏而能讀。藏書而又能讀書，則自然將心愛的書當作自己的性命，甚至或重視得超過自己的性命。」[5]

藏書讀書對他來說，既然那麼「性命攸關」，那麼能寫的他只寫書話，可以看成他與書的生死契約。正因有了這契約，他的書話隨筆，嚴守兩個條件：其一是：「自己不喜歡的書不讀」，其二是：「將自己讀過了覺得喜歡的書介紹出來，是應該將這本書的作者，他的生平和一點有趣的小故事，融合着這本書本身來一起談談的」。[6]如此一來，他通過書話，又跨越時空與另一個作者生命聯繫起來。生命的豐足——在書世界中的豐足，以他的才情，自可走到

4 姜德明：〈葉靈鳳的散文〉，載於絲韋編《葉靈鳳卷》，香港：三聯書店，一九九五年，頁309-314。

5 同注1。

6 〈文藝隨筆後記〉，《新晚報》，一九六三年十一月十九日，頁6。

爐火純青的境界。

我說沒想過會先編出他的書話集，是因為我很早就想寫一篇〈葉靈鳳在香港〉。可是，在蒐集資料過程中，發現葉靈鳳在香港三十多年，除了在三十年代末期較為活躍外，愈往後期，就愈低調。五、六十年代，他主編《星島日報》副刊〈星座〉、寫報上專欄，成為他較顯明的「活動」，此外，正如絲韋說：「他把自己關在家裏，也就是關在書裏」[7]，要寫他，我必須通過他的作品去找尋線索。他讀書博雜，涉及的範圍又廣，加上他儘管寫自己喜歡的書，但卻「很少論斷，我自己的意見更少」[8]。一個作家在作品中，盡量隱沒自我色彩，只多談中外古今之書，作為研究者的我，學養所限，就會遇上許多解不開的結，那只好擱筆不寫了。去年，姜德明先生來信，囑我編一本《葉靈鳳書話》，我應命後，為了不重複《讀書隨筆》、《文藝隨筆》、《葉靈鳳卷》等書所收作品，做了大量核對翻檢功夫。由於高貞白先生曾告訴我，〈星座〉中，許多筆名是葉氏與他共用，這個提法，增加了鑑別的困難。最重要的是葉靈鳳在幾十年內，把自己喜歡的作家、書刊、畫冊等，寫了又寫，驟眼看來，重複的題材甚多，但細加核對後，發現篇篇都稍有不同。這些「稍有不同」的地方，正是他對某書，先後一讀再讀

---

7 絲韋：〈葉靈鳳的後半生〉，《葉靈鳳卷》，頁364-352。

8 同注6。

後，觀念心情有些改變的表現。「自己的意見更少」，恐怕只是虛晃一招而已，善讀者自當能在他所喜、所截取的文字中，見取深意。

我把收集的文章，分成六輯，其中我特別提一提的是第一、第二輯。第一輯是「香港文學」，第二輯是「香港歷史」，這樣的安排，並非甚麼「大香港」的心態，而是想在此扣緊葉靈鳳與香港三十多年來似疏還密，似離還近的關係。這一南來孤雁，每逢春意盎然的時候，都難免「能不憶江南」，可是時也命也令他長居香港。在漫長的三十多年間，他一定思索過：香港這個孤懸海隅、被外國人割切出祖國版圖外的小島身世，也會考慮自己與它的依存關係。

在一個歷史感十分薄弱的殖民地，葉靈鳳很早就相當敏感地注視「史」的追尋的重要性。他喜歡的藏書中，有關香港史地的中外書籍份量不少，當然包括了為人津津樂道的珍本清嘉慶版的《新安縣志》。一九四七年，他在《星島日報》創刊了《香港史地》周刊，強調：

「香港在種種方面都是一個值得研究充滿興趣的地方，不論你所注意的是國際問題也好，中英關係也好，歷史考古也好，其至草木蟲魚也好，香港這地方都可以提供豐富的資料，不使你失望。」[9]

寫書話時，他實踐了這種想法，而如此細意的歷史叮嚀，正可充份表現了他把自己生活

9 〈香港史地．發刊辭〉，《星島日報》，一九四七年六月五日，《香港史地》第一期，頁4。

所在——香港與祖國，作了血緣不可分隔的印證。每讀到他寫江南風貌的小品時，我總感到隱隱一縷落寞之情。但寫書話，特別是香港歷史書話，他常淡然、理智處理編排許多史料，於剪裁取捨之間，自然透射出他對這個小島身世的冷靜追尋。

「香港文學」一輯所收文章，多沒收入《讀書隨筆》中，而涉及的作品、書刊，又多為他常接近的文化圈中人所寫所編，這是反映他以文會友的情況。其中提及的《好望角》、《風雨藝林》，是當年香港年青一輩新文藝愛好者出版的仝人刊物，鮮為文藝界長輩關注。我遍閱當年報刊，也只有葉靈鳳在專欄中評介，儘管文藝觀不同，但仍見鼓勵之意。也許，題為「香港文學」，未免範圍過大，有點名實不符，準確地說，應是「葉靈鳳所關注的香港文學」，那也未嘗不可。

「霧豹文章何落落，蠹魚箱篋自休休」[10]，讀者葉靈鳳的書話，彷彿聽見他獨坐北窗下翻閱藏書的心聲：

> 「一個喜歡書、喜歡讀書的人，能夠將自己嚮往已久的一本著作，攤在面前精心細讀，或隨手翻閱，都是最難忘的一種享受。這種享受，時常令我在忙碌之中獲得片刻喘息的調劑，給予我面對人生的新的勇氣。」[11]

10 陳君葆：〈壽葉靈鳳六十〉，《水雲樓詩草》，廣東：旅游出版社，一九九四年，頁348。

11 〈北窗讀書錄．校後記〉，《北窗讀書錄》，香港：上海書局，一九七〇年再版，頁169-171。

可是，自二十年代創造社的中堅分子，《戈壁》、《現代小說》、《幻洲》的編者，著名的小說家種種身份走過來的葉靈鳳，經歷無限風雨之後，在香港，似乎已找到一個「安身」之所，究竟他還遇上甚麼困厄？需要「新的勇氣」去面對？是否心靈上仍有一不為人理解的鬱結？從他的文章裏，簡直無跡可尋，這正是我沒法子寫成〈葉靈鳳在香港〉的主要原因。謝謝姜德明先生給了我編這本書的機會，總算對自己要「寫葉靈鳳」的心意，有了一半交代。

最後，我仍想借葉靈鳳的老朋友陳君葆在葉氏去世前一年寫的〈賀葉林豐六十九壽辰〉一詩，作為本文的結語，因為它大概可以成為這個「外道」[12]文化人的一生寫照。

一生歲月幾知非　笑疾誰從問陸機
六十九年蘧伯玉　聖人門户見馬稀[13]

一九九七年七月

本文原為《葉靈鳳書話》一書〈後記〉

12 同注2。文中說：「雜覽的主要點，乃在『外道』、『旁門左道』，而不是沿襲正統派的思想的。」

13 同注10。頁476-477。

唐滌生一腔心事——新版序

未説唐滌生先生一腔心事之前，先説仙姐（白雪仙女士）的一腔心事。

二十多年前，仙姐和我談起唐先生為「仙鳳鳴」創作的幾齣名劇時，往往在讚嘆中，對未能留下文字本，感到遺憾。記得一次在文華飲下午茶，我們就想到能否把劇本出版的問題。我天真而快樂地盼望很快成事，當場草寫了出版計劃，還設想出版後怎樣開個學術研討會，讓唐劇由台上轉到案頭，由劇評轉到文評。誰料，知識產權未正式成為法例，卻已隱約設限，據説當年唐先生雖受薪仙鳳鳴劇團，負責班務及撰寫劇本，但作品權最終屬誰，當時沒有明文作實，日後一切就難處理了。如此一阻，出版文字本成不了事。仙姐一腔心事，多年來，也未見她再提起了。不過，有一件事不能不講：踏入二十一世紀，仙姐重振精神，親自策劃、劇本整理、指導演出的三齣唐劇：《西樓錯夢》、《帝女花》、《再世紅梅記》，均以她手擁的原創泥印本為據。由是可見她念念不忘，珍視之情。

為灌錄唱片配合出版的唱詞小冊子，算得上經過改動的文字本，還有經葉紹德先生修訂並加簡介導讀的《唐滌生戲曲欣賞》，也總算有個形似交代。可是，這兩套冊子，在書店並不被列為文學作品看待，且《唐滌生戲曲欣賞》也脱銷已久，故讀到的人不多。

對於唐先生的劇本文學藝術探究，歷來已有不少研究者下了工夫，寫過論文。只是我想他們用作研究的文字底本，均非唐先生最原創的面貌。經歷幾十年，就算根正原裝的「仙鳳鳴」演出本，也不斷經不同人手修訂——仙鳳鳴劇團晚晚演出後，必有檢討，並加修改。而日後各不同劇團演出，亦因應種種條件或多或少修改過，終非原創泥印本真貌了。

唐先生為仙鳳鳴劇團創作名劇的意圖，在各演出特刊中都顯現了不少，但許多人可能忽略了他未曾正面説出的一腔心事。這包括：（一）一九五六年三月七日〈唐滌生致袁耀鴻信〉、一九五六年五月二十七日唐滌生〈寫在「仙鳳鳴」開幕前〉。[1]（二）二〇〇九年十二月在香港文化博物館「梨園生輝」中所展出唐先生書法後的跋語。[2]細意揣摩以上各材料，彷彿略可窺探唐先生對劇本創作要求、舞台演出安排等等的着緊程度。不過如細讀原創泥印本，則其對自己作品如何要求，對演出者的如何實踐表現人物感情，均一一呈現了。

改編而又具自創新意的作品，比一無倚傍的創作難度更高。唐先生執意取材古代戲曲傳奇，卻又處處賦予新生命，即隱含自己要説的話，有自己的主意，椿椿件件，嵌套得流暢自然。不細心的觀眾、讀者很輕易滑失錯過。在下筆前，唐先生心中對全劇已有通盤設計。除了唱詞口白外，無論佈景、燈光、音樂、服飾、人物出場身段、表情，均能全寫在泥印本劇本中。編劇、導演、舞台設計、舞台調度等等，無一遺漏。所謂度身訂造，他的意念蓋罩

1 見《姹紫嫣紅開遍——良辰美景仙鳳鳴》纖濃本，香港：三聯書店（香港）有限公司，二〇〇四年，頁58、60-61。

2 見《梨園生輝　任劍輝　唐滌生——記憶與珍藏》，香港：三聯書店（香港）有限公司，二〇一一年，頁118-121。

全台。

故唐先生費盡心血的好作品，思維與文字技巧，一如雙面織繡，細針密線，粗心者看不到線頭駁口，雅致濃淡，實在「不易入俗子眼耳」。[3]他必須等待善觀賞、善讀的知音。

唐先生創造了劇中人物，當然知道人物一言一動一靜，都有作用。故他十分講究演員怎樣演，在劇本中對演員，有詳細指導，因為必須靠演者拿捏分寸恰到好處，才足演活。可惜今之演者多沒看唐先生原創泥印本，就是看了，有些會因過熟而掉以輕心，有些自作主張演了個非唐先生心中人物，有些更不明所指而粗暴說「演戲不是讀文章」。[4]好的劇本，如無心同一轍的演者，正如《楞嚴經》說：「若無妙指，終不能發」的意思，多好的樂器，沒有善彈妙指，也難發好音。後來演者如能按本尋源，推敲句讀，當成妙指，奏出唐先生心曲。

本書根據仙鳳鳴劇團開山泥印本，盡力重現唐先生作品原貌。

重現原貌？真是談何容易！看到張敏慧手捧「仙鳳鳴」開山所用泥印本——經不同筆跡不斷塗抹改動的《牡丹亭驚夢》，逐句逐字與《唐滌生戲曲欣賞》印刷版核對、訂正，遇上泥印朦朧不清的字、或經人手用毛筆刪去的句子，都不厭其煩，細心設法尋出真面目。又或遇到

3 引自唐滌生摹王羲之〈蘭亭集序〉後跋，載於《梨園生輝　任劍輝　唐滌生——記憶與珍藏》，頁120。

4 葉紹德：〈劇本在粵劇史的重要性〉，載於葉紹德編撰、張敏慧校訂：《唐滌生戲曲欣賞（一）：帝女花、牡丹亭驚夢》，香港：匯智出版有限公司，二〇一五年，頁23。

泥印本的筆誤，她都堅執推敲追源。有時，對着一個迷濛的字，看了又看，放下提起，猜度幾天，忽然如生眼見寶，那雀躍之情，都令我十分感動。她用盡心力，以行動向唐先生致最高敬意。

本書並把葉紹德先生對唐劇的簡介導賞文字配合刊出，正好為後人作一導航，宛似一葉輕舟，泛入唐先生心湖，飽覽筆下風光。

本書出版，從「場上到案頭」（借用潘步釗之語），常俟有心人細演細讀。方圓唐先生拚了生命的不尋常一腔心事。

二〇一五年五月十日